Alice Reed

Romances au WHISPERS CAFÉ

Chez Dorothy

comédie romantique

&

Réveillon de Noël 1954

conte fantastique

Manderley Books

ISBN 9781676996316

www.manderleybooks.ca

Design de couverture: Samia McFee

CHEZ DOROTHY

CHAPITRE 1

– Ça, alors… murmure Kate en s'approchant de la vitrine du magasin, une tasse de cappuccino bien chaud dans les mains.

Dans la noirceur du petit matin, la rue principale de Savannah Bay est recouverte de flocons de neige. Et les flocons n'arrêtent pas de tomber. Ils grossissent à chaque heure qui passe. Une première à Savannah Bay, car il ne neige jamais sur cette partie de la côte ouest du Canada. Le climat y est tempéré, et c'est exactement la raison pour laquelle de nombreux riches retraités viennent s'installer dans la petite ville pittoresque. Les résidents ont parfois été témoins de l'arrivée miraculeuse de timides flocons de neige la journée même de Noël, tel un cadeau tombé du ciel, pour fondre aussitôt le lendemain. Mais une vraie, grosse tempête de neige début décembre comme celle-là, ça, c'est du jamais-vu. Une première !

Kate entend la porte de l'arrière-boutique claquer. Un coup de vent parcourt sa nuque et, quelques secondes plus tard, Colin arrive derrière le comptoir du café, une parka beaucoup trop grande pour lui sur le dos. La grosse capuche bordée de fourrure lui cache la moitié du visage. Kate explose de rire en voyant son employé.

– Ne te moque pas ! Je l'ai empruntée à mon père. Elle était dans un vieux carton.

Colin renifle la parka en faisant une grimace.

– Et en plus, elle pue le grenier cette parka ! J'vais sentir le grenier toute la journée, maintenant !

Colin disparaît dans l'arrière-boutique pendant un moment, tout en rouspétant, et revient sans sa parka. Il enfile son tablier vert, celui qu'il met toujours pendant les fêtes de Noël et qui fait sourire les clientes. Une tête d'élan est dessinée sur le devant du tablier, au niveau du buste, et juste en dessous on peut lire cette inscription en lettres rouges : « Je suis le VRAI Colin Firth ».

C'est que Colin a eu la mauvaise idée de naître en 1995, l'année où l'acteur Colin Firth a incarné le célèbre et irrésistible personnage Mr. Darcy dans la série télévisée Britannique Orgueil et préjugés. Victime du charme de l'acteur, comme tant d'autres téléspectatrices à l'époque (eh oui, c'était le temps où les séries étaient diffusées uniquement à la télévision, Netflix n'existait pas encore…) sa chère maman avait eu la brillante idée de nommer son précieux nouveau-né 'Colin.' Ayant elle-même épousé un monsieur Firth (pas l'acteur, évidemment) maman Firth fut ravie d'avoir un Colin Firth pour elle toute seule. Cependant, leur prénom est le seul point commun entre Colin Firth, l'employé du Whispers Café, et Colin Firth, l'acteur célèbre. Colin au tablier vert mesure 1m65, est mince comme une brindille, a des taches de rousseur sur le visage et des cheveux roux coiffés en brosse. Les clientes l'adorent, mais ce n'est pas pour le charme d'un Darcy dont il est malheureusement dépourvu. Elles l'aiment pour son côté comique et sympathique.

Une minuterie sonne. Kate se dirige derrière le comptoir à la hâte pour se rendre dans la cuisine située dans l'arrière-boutique. Elle pose sa tasse de cappuccino sur un comptoir, enfile ses mitaines en silicone, et ouvre la porte du four pour retirer plusieurs moules remplis de muffins au chocolat tout chauds. Elle les dépose sur l'îlot en céramique au centre de la cuisine pour les laisser refroidir.

– Tu crois qu'on va avoir du monde aujourd'hui ? demande Colin en élevant la voix, depuis le café.

Il retire les tissus protecteurs qui recouvrent les comptoirs réfrigérés.

– Avec ce temps, je ne serais pas surpris que ce soit mort. Les gens vont rester chez eux, bien au chaud.

Kate regarde ses muffins en faisant une grimace.

– J'espère que non parce que j'ai une flopée de muffins qui ne demandent qu'à être mangés!

Et soudain, le calme matinal qui règne sur Savannah Bay est brisé par un énorme bruit, un fracas de métal et de verre brisé venant de la rue. Kate et Colin se précipitent aussitôt vers une des fenêtres du café. Ils aperçoivent une voiture et une camionnette encastrées, à quelques mètres du magasin.

Pas étonnant. Les habitants de Savannah Bay n'ont pas l'habitude de conduire dans une tempête de neige. Mais il y a toujours des idiots, ou des inconscients, pour penser qu'ils savent mieux faire que les autres…

CHAPITRE 2

– Appelle les secours tout de suite, Colin ! dit Kate en se dirigeant vers la porte du café pour la déverrouiller. Je vais voir s'il y a des blessés.

Colin court vers le téléphone qui se trouve derrière le comptoir, et Kate s'élance dans la rue. C'est seulement une fois dehors qu'elle réalise qu'elle n'a que son chandail sur le dos. Elle grelotte. Tant pis ! Pas le temps de faire demi-tour pour aller chercher son manteau.

Alors Kate trottine dans la neige, les bras croisés sur son buste, tout en tenant ses épaules pour se réchauffer, et elle avance aussi vite qu'elle peut, pas habituée à marcher dans vingt centimètres de poudreuse, encore moins avec des baskets. Elle glisse, perd son équilibre, mais se rattrape à temps. La neige pénètre dans ses chaussettes et mouille ses chevilles. Kate espère qu'elle n'attrapera pas un rhume parce que la période des fêtes est lucrative pour le café, ce n'est pas le moment de tomber malade.

En se rapprochant des véhicules, elle reconnaît la vieille Tercel orange de son amie Brooke. Kate panique. Que fait Brooke ici, à une heure si matinale ? Ce n'est pas dans ses habitudes. Kate enjambe un gros tas de neige accumulé sur le bord du trottoir et s'empresse d'aller frapper à la fenêtre de la porte du côté conducteur. Elle voit Brooke, penchée en avant, la tête reposant sur le volant. Elle ne bouge pas.

Affolée, Kate ouvre la porte en criant.

– Brooke ! Est-ce que ça va ?

Puis Kate entend Brooke gémir.

– Et merde, merde, merde ! Super bordel de merde ! s'écrie Brooke, la tête enfouie dans ses mains.

Dieu merci, elle est vivante ! pense Kate en posant une main réconfortante sur le dos de Brooke.

– Brooke, est-ce que ça va ? Es-tu blessée ? lui demande Kate.

– Nan ! ... J'crois pas… J'm'en fous ! répond Brooke qui ne bouge toujours pas.

D'habitude, Brooke est calme et utilise rarement des mots vulgaires, mais là, c'est compréhensible, se dit Kate. C'est le choc de l'accident.

– Mais quel est le crétin qui sort par une monstrueuse tempête de neige pareille, sans pneus neige ! crie une voix d'homme.

Kate redresse la tête. Un type en colère marche vers la Tercel. C'est le conducteur de la camionnette.

– Eh, du calme ! C'est mon amie, dit aussitôt Kate d'un ton protecteur. Je crois qu'elle est en état de choc.

Le type se rapproche. Malgré le rideau de gros flocons de neige qui ne cessent de tomber et qui lui troublent la vue, Kate ne peut s'empêcher de remarquer que l'homme est plutôt séduisant. Grand, une figure d'athlète, et une belle gueule. OK, OK, se dit Kate, retour sur Brooke : est-elle blessée ?

Le gars se plante de l'autre côté de la porte conducteur ouverte de la Tercel et penche sa tête pour s'adresser à Brooke.

– Mais quelle idée de rouler par un temps pareil, sans pneus neige ! Vous êtes inconsciente ou quoi ? Vous voulez tuer des gens ?

– Bon, ça va, on a compris. Calmez-vous ! dit Kate. Un accident ça peut arriver à tout le monde.

Le son des sirènes d'une ambulance et d'une voiture de police se rapproche. Les véhicules se garent derrière la camionnette du gars désagréable. Quelques secondes plus tard, deux policiers et deux ambulanciers se dirigent vers eux en courant.

Brooke relève enfin la tête et essuie ses larmes avec le revers de la manche de son manteau.

– J'veux rentrer chez moi, dit-elle en reniflant.

– Pas question, répond Kate. Les ambulanciers vont d'abord t'examiner. Est-ce que tu peux bouger ?

Brooke sort lentement de la voiture, sans difficulté. Elle est indemne, même pas une égratignure. Puis elle voit le devant de sa voiture complètement défoncé et se remet à pleurer.

– À cause de vous, j'ai plus d'voiture ! crie-t-elle au conducteur de la camionnette.

Le gars met les mains sur ses hanches et hoche la tête tout en marmonnant quelque chose de désagréable qu'il fait bien de garder pour lui. Les policiers s'approchent de lui et lui posent des questions. Il leur explique ce qui s'est passé pendant que les ambulanciers s'occupent de Brooke pour s'assurer que tout va bien.

À ce stade, Kate est rassurée, mais complètement gelée. Si elle ne retourne pas dans le café immédiatement, c'est sûr, elle va attraper la crève. Alors elle invite tout le monde dans son café pour la suite des opérations, c'est-à-dire appeler les assurances respectives des deux conducteurs et remplir quelques papiers. Elle promet de servir gratuitement des cafés et des muffins tout chauds sortis du four. Les policiers et les ambulanciers la suivent sans se faire prier, et le beau gars antipathique les suit en restant quelques pas derrière eux, tout en ronchonnant.

Il n'est que six heures du matin, mais le Whispers Café, qui ouvre d'habitude à sept heures, est déjà animé.

*

Après avoir constaté que les accidentés sont hors de danger, les ambulanciers boivent rapidement les cafés préparés par Colin et quittent le magasin avec des sourires aux lèvres, et un sac rempli de muffins au chocolat. Cadeaux de la maison.

Brooke est assise à une table avec Kate, et le gars est assis à une table avec les policiers, à l'autre bout du café. Une fois les formalités nécessaires accomplies, les policiers saluent tout le monde et partent. Il n'y a plus qu'à attendre les remorqueurs pour retirer les voitures de la rue.

Le gars reste seul dans son coin, tout en buvant son café et en mangeant un muffin. Il tourne délibérément le dos à Kate et à Brooke.

Brooke ne pleure plus. Elle renifle en buvant son café.

– Mais, qu'est-ce que tu faisais aussi tôt dehors ? D'habitude, tu travailles l'après-midi, lui demande Kate.

– Je n'allais pas travailler, j'allais à l'Armée du Salut. Donna m'a appelée tôt ce matin parce qu'ils ont besoin d'un coup de main pour faire le tri d'un arrivage de vêtements d'hiver et pour préparer des paniers de nourriture, vu le temps qu'il fait dehors.

Brooke laisse échapper un gros soupir, puis elle élève la voix en regardant le gars à l'autre bout du café.

– Mais là, c'est foutu. Pas de bénévolat, et plus de voiture à cause de ce gros c—

Kate interrompt Brooke à temps en posant une main sur son bras et fait un signe à Colin pour qu'il mette de la musique. Colin allume aussitôt le système audio sous le comptoir et sélectionne une playlist de chansons de Noël. Bing Crosby entonne les premières paroles de Let It Snow !

En entendant la musique, le gars à l'autre bout du café lâche un gros soupire et regarde le plafond avec un air exaspéré. Les chansons de Noël, ça n'a pas l'air d'être son truc.

Kate se lève pour aller allumer la cheminée électrique murale située dans un coin du café. D'habitude, elle est allumée seulement pour donner une ambiance chaleureuse, étant donné que les hivers sont doux à Savannah Bay, mais ce matin, il fait trop froid dans le café, c'est requis. Kate espère que la chaleur de la cheminée adoucira l'humeur du bougon sexy. Elle décide d'aller le saluer. Après tout, elle est la patronne du café, elle se doit d'être polie et professionnelle malgré l'incident qui vient de se passer entre Brooke et lui. Elle marche dans sa direction en tendant une main.

– Kate Parker. Je suis la patronne du café. Désolée de faire connaissance dans ces circonstances.

Le gars lui sert la main.

– Alex Brent.

Il penche sa tête rapidement en direction de Brooke.

– Comment elle va ?

Ah ! Surprise, Monsieur Brent est plus civilisé qu'il en a l'air.

– Plus de peur que de mal, répond Kate. Mais j'ai bien peur que ce soit la fin pour sa voiture, et malheureusement elle n'a pas les moyens de s'en payer une autre.

– Mais quelle idée, aussi, de sortir par un temps pareil avec un vieux tacot, et sans pneus neige ! De toute façon, si vous voulez mon avis, cette voiture n'en avait plus pour longtemps. Heureusement que cet accident est arrivé à cette heure-ci, quand la rue est vide, sinon il y aurait pu avoir des blessés.

– Et votre camionnette ? demande Kate.

– Ça va. Juste le pare-chocs enfoncé. Mon assurance va prendre en charge les réparations. Par contre, c'est ce que j'avais à l'intérieur que j'ai perdu qui est irremplaçable.

– Qu'est-ce vous aviez à l'intérieur ?

– Une vieille commode de famille que je venais juste de faire restaurer. Elle était fragile. Elle est tombée au moment de la collision et elle est trop endommagée maintenant. À ce stade, c'est même pas réparable.

– Ah, je suis désolée.

– Et tout ça juste au moment où j'allais me garer pour

rentrer chez moi ! À quelques secondes près…

Le gars hoche encore la tête en regardant le sol.

Kate est surprise. Elle connaît bien les habitants du quartier mais elle n'a jamais vu Alex dans le coin auparavant.

– Vous habitez ici ? lui demande-t-elle.

– Oui, je viens tout juste d'arriver. J'habitais à l'autre bout du pays avant, à Halifax. Alors l'hiver, je connais bien. J'habite dans la maison en face du café, maintenant.

Par une des fenêtres du café, Alex désigne du doigt la maison Victorienne blanche et bleue située de l'autre côté de la rue.

La maison de Madame Dawson ? s'étonne Kate. Une mamie charmante qui a tenu bon jusqu'à ses quatre-vingt-dix ans, décédée quelques mois auparavant. Kate la connaissait très bien. Elle venait souvent au Whispers Café l'après-midi pour boire un thé Earl Grey, manger un cupcake ou deux, et discuter avec les clients. Sa belle maison Victorienne a toujours attiré l'attention des touristes qui aiment la photographier, car elle fait partie du patrimoine de Savannah Bay. Une plaque en métal sur la petite barrière en bois en avant de la maison explique son histoire. Ce fut une des premières maisons construites dans la ville au dix-neuvième siècle, et son premier propriétaire était un médecin. Madame Dawson a toujours très bien entretenu sa maison au fil des années, mais celle-ci était restée tristement sans activité depuis son décès. Kate s'était souvent demandé ce qu'allait devenir la maison.

– Vous avez racheté la maison de Madame Dawson ? demande-t-elle à Alex.

– Non. J'en ai hérité, répond-il.

Kate le regarde, perplexe.

– Je suis le petit-fils de Madame Dawson, explique Alex. Et la commode que votre amie a 'contribué' à détruire était le meuble le plus ancien que possédait ma grand-mère, et aussi son objet préféré.

Tout à coup, les yeux bleus d'Alex dégagent plus de

tristesse que de colère. Beau, sexy… et émouvant. Un mélange dangereusement explosif pour un seul mec, se dit Kate. Mais parfaitement délicieux.

Kate pince ses lèvres en regardant Brooke de l'autre côté du café, seule dans son coin à regarder par la fenêtre les flocons de neige tomber.

Et soudain, une idée jaillit dans la tête de Kate. Mais avant tout, elle doit vérifier une chose importante : est-ce que son nouveau voisin est célibataire ?

CHAPITRE 3

– Apporte-lui un autre muffin et un autre café, dis-lui que c'est un cadeau de la maison, et débrouille-toi pour lui soutirer quelques informations. J'ai surtout besoin de savoir s'il est célibataire, demande Kate à Colin tout en parlant à voix basse.
La patronne et son employé sont cachés derrière la grosse machine à café du comptoir.

– Ah, non ! Qu'est-ce que tu mijotes encore ? proteste Colin en répondant aussi à voix basse.

Kate fait un mouvement de la tête vers Brooke en faisant des gros yeux et balaye sa tête vers la droite, en direction d'Alex. Colin étouffe un rire.

– Non, mais tu rigoles, Boss ? Tu vas pas essayer de matcher ces deux-là ! Aucune chance ! Regarde-les ! C'est le début d'une saga de série B remplie de haine et de rancœur. 'Y a pas un soupçon d'amour là-dedans. Je me demande d'où te viennent ces idées farfelues.

– Je sais ce que je fais. Jusqu'ici, mon intuition a toujours été bonne. Je te parie que ces deux-là seront ensemble avant Noël.

– C'est la meilleure celle-là ! Comme si une tempête de neige, c'était pas assez de problèmes. Et puis si on continue à offrir des cafés et des muffins aux clients aujourd'hui, on va pas faire fortune.

– Fais pas le malin, Monsieur Darcy. Apporte-lui un café et un muffin. Je vais lancer une autre fournée de muffins dans quelques minutes.

Colin lève les yeux au plafond en soufflant de réprobation, prend une petite assiette, met un muffin dedans, prend une tasse et la remplit de café, met le tout sur un petit plateau et se dirige vers Alex en lançant un regard noir furtif à Kate qui l'observe du coin de l'œil, derrière le comptoir.

Colin a un talent : il est fait pour le service à la clientèle. Même la couenne épaisse des clients les plus déplaisants ne lui résiste pas. Il réussit à les faire sourire, et même à les faire parler. Et quand il les fait rire, c'est un gros pourboire garanti.

C'est donc sans difficulté que Colin engage la conversation avec Alex. Ça semble bien parti, il reviendra avec des informations, se dit Kate. Alors elle file rapidement dans la cuisine pour mettre de nouveaux moules de muffins au chocolat dans le four, et revient dans le café pour s'asseoir auprès de Brooke.

– J'ai appelé Donna pour lui dire de ne pas m'attendre, lui dit Brooke. Malheureusement, d'autres personnes ont annulé aussi à cause de la tempête. Maintenant elle est toute seule au centre pour faire le travail.

Brooke regarde sa tasse de café en soupirant et en hochant la tête. Elle se sent coupable. Kate pose une main rassurante sur la sienne.

– Brooke, ce n'est pas de ta faute. Et après ce qui s'est passé, je pense qu'il est mieux que tu restes ici, au chaud et au calme. Je te reconduirai chez toi en voiture plus tard. Je peux te prêter un livre si tu veux te changer les idées ?

– OK, répond Brooke sans grand enthousiasme, tout en haussant les épaules.

Kate se lève et retourne dans l'arrière-boutique pour aller chercher le livre.

La porte du café s'ouvre et un grand gars costaud, portant une casquette et une combinaison de travail orange, entre dans le magasin.

– Bonjour ! Les propriétaires des deux véhicules encastrés dehors, au téléphone on m'a dit qu'ils étaient ici ?

Avec des têtes d'enterrement, Alex et Brooke lèvent la main.

– J'aurais besoin de quelques informations et de vos signatures pour les formalités, s'il vous plaît.

Alex et Brooke se lèvent et marchent vers l'homme en évitant soigneusement de se regarder.

– Votre camionnette va être conduite au garage le plus proche, chez Hawkins & Sons, l'homme dit à Alex, puis il se tourne vers Brooke en faisant aussi une tête d'enterrement. Et pour votre voiture, Madame, désolé, mais elle va directement à la casse. Il n'y a rien à faire avec ça.

Brooke fusille Alex du regard. Il regarde le plafond d'un air exaspéré et se retient de parler. Ils lisent rapidement les papiers que l'employé de la compagnie de remorquage leur donne, les signent et les lui rendent. L'homme vérifie les papiers et fait un petit salut de la tête.

– Avec ça, je vous souhaite que le reste de la journée se déroule mieux pour vous, dit-il. Puis il quitte le café.

Brooke et Alex retournent immédiatement s'asseoir à leur table respective. Au moment où Kate revient de l'arrière-boutique, Colin retourne derrière le comptoir.

– Alors, rapport s.v.p., Mr. Darcy ? lui demande Kate.

– Alex Brent, quarante ans, signe Gémeaux, unique petit-fils de Madame Dawson, vivait à Halifax et a récemment emménagé dans la maison de sa grand-mère pour en faire un bed-and-breakfast, habile de ses mains et bricoleur, fait du vélo, aime les pâtes au—

Impatiente, Kate interrompt Colin.

– Abrège, Colin ! Alors, le plus important ?

Colin ferme les yeux en pinçant ses lèvres.

– J'avais réservé le meilleur pour la fin.

Puis il rouvre grand les yeux.

– Oui, il est célibataire ! Sans enfant, jamais marié, mais séparé depuis trois mois après une relation de quinze ans. Bonne chance avec ça ! Si jamais tu obtiens un résultat avec ces deux-là, ça va être un 'rebound.' Pas sympa pour Brooke, si tu veux mon avis.

Mais Kate n'est pas du genre à se décourager.

– T'en-fais pas mon p'tit Colin. Les hommes ça se remet plus rapidement des ruptures que les femmes.

Colin regarde sa patronne d'un air offusqué.

– C'est quoi cette règle bidon et sexiste ?

– Bien sûr, il y a des exceptions à toute règle, s'empresse d'ajouter Kate en tapotant amicalement l'épaule de Colin. Puis elle se dirige vers Brooke et lui tend le livre.

– Tu sais, il est plutôt sympa, dit Kate.

Brooke fronce les sourcils.

– Qui ? demande-t-elle.

Kate fait un mouvement discret de la tête pour désigner Alex de l'autre côté de la pièce. Il a changé de place et s'est installé confortablement dans un fauteuil près de la cheminée. Il sirote son deuxième café.

Brooke ouvre grand les yeux.

– Mais t'es malade ! Lui ?

– C'est le petit-fils de Madame Dawson. Il s'appelle Alex.

– Je me fous de savoir qu'il est le petit-fils de Madame Dawson, et je me fous de son nom. Ce type a bousillé ma bagnole. Comment je vais faire pour aller travailler, maintenant ? Tu sais bien que les bus ici, c'est l'horreur. Ça prend deux heures pour un trajet que je peux faire en une demi-heure en voiture. Ça va être l'enfer.

– Je sais, je suis désolée… Bon, il était en colère et pas aimable, c'est vrai, mais il avait une raison. Il y avait une commode dans la camionnette qui appartenait à sa grand-mère. Une commode qu'elle adorait. Il venait juste de la faire restaurer. Maintenant elle est complètement cassée.

Comme ta voiture, pas réparable… Ça avait l'air de le contrarier.

Brooke regarde Alex du coin de l'œil. Il tient sa tasse de café dans les mains et regarde le sol, pensif.

– Hmm… dit simplement Brooke, dans un semi-grognement.

Kate sourit. Le regard de Brooke s'est adouci. Tout est possible !

Et c'est au moment même où les choses commencent à aller mieux que la vraie tempête arrive dans le café.

Et merde ! pense Kate.

CHAPITRE 4

1m78. Longues jambes galbées. Une taille de guêpe. Un buste généreux. De superbes cheveux ébène, ondulés et brillants, qui lui caressent le dos. Un visage à la beauté parfaitement symétrique. Élégante et sexy, toujours habillée avec des vêtements de créateurs de mode, Alanza Issakova fait son entrée dans le Whispers Café et se dirige vers le comptoir avec la démarche d'un mannequin, laissant derrière elle flotter les effluves d'un parfum sucré-épicé. D'une mère brésilienne et d'un père russe, Alanza est l'incarnation même d'un chef-d'œuvre de la génétique, faisant ainsi de son existence une insulte à toutes les autres femmes de la planète.

Évidemment, Alex relève la tête et la regarde. Alanza, experte séductrice, fait semblant de ne pas remarquer le beau mec sur la gauche, mais son radar de femme fatale l'a immédiatement repéré.

Elle s'arrête devant le comptoir et fait un grand sourire à Colin qui sait déjà ce qu'Alanza va dire puisqu'elle passe la même commande à sept heures, tous les matins.

– Un grand Chai Latte, sans lactose, avec poudre de cannelle, un croissant, et un muffin au chocolat à emporter, s'il-te-plaît, Colin.

Oui, parce qu'en plus, injustice de toutes les injustices, Alanza peut avaler n'importe quoi, elle ne prend pas un seul gramme !

Il fallait qu'elle arrive maintenant, celle-là ! se dit Kate. Alanza va lui bousiller le plan qu'elle était en train d'élaborer.

En attendant que Colin prépare sa commande, Alanza se dirige lentement vers la gauche, au bout du comptoir, là où sera déposée sa commande dans quelques minutes. La gauche du comptoir est stratégiquement bien placée, puisque c'est la partie du magasin proche de la cheminée, exactement là où Alex est assis dans un fauteuil. Alanza envoie un léger sourire d'experte à Alex, mine de rien. Alex sourit immédiatement en retour.

Pendant que Brooke commence la lecture du livre que Kate lui a prêté, Kate observe de loin le stratagème d'Alanza.

Colin dépose la commande d'Alanza au bout du comptoir et, de ses longues mains délicates aux ongles parfaitement manucurés, recouverts d'un vernis rose pâle, la diablesse tentatrice saisit la tasse de café et le petit sac de papier. Puis elle se retourne lentement, en direction d'Alex, bien évidemment, et lui sourit encore. Un sourire plus prononcé cette fois-ci. Les yeux verts en amande aux longs cils noirs — naturels, même pas des extensions ! — ont analysé instantanément et avec précision le spécimen mâle assis sur le fauteuil. C'est du bon à croquer 100 %. Alanza est une dévoreuse d'hommes avec des capacités quasi-bioniques.

– Matinal aussi, à ce que je vois, dit-elle à Alex de sa voix sirupeuse, comme si de rien n'était.

Alex la regarde en essayant de ne pas fixer le décolleté de son chemisier de soie blanc qu'il aperçoit par l'ouverture du col de son manteau. De toute façon, il n'a pas assez d'yeux. Où doit-il regarder ? Ses jambes ? Sa taille ? Sa poitrine ? Non, ses yeux. Alex, reste sur ses yeux. Ce qu'il ne sait pas encore, c'est qu'il n'est plus qu'un mâle comme les autres dans le calibre d'Alanza chasseresse ; une vulgaire proie.

– Oui, matinal, est tout ce qu'Alex trouve à répondre.

– Vous êtes nouveau ici ? demande Alanza.

– Oui. Je viens d'emménager en face. Alex montre du doigt la maison de sa grand-mère.

– Oh, vous êtes le petit-fils de Madame Dawson ?

– Oui, vous la connaissiez ?

– Oui, bien sûr ! Tout le monde la connaissait ici. Une charmante petite dame, votre grand-mère. Désolée de son départ, c'est si triste.

Triste, tu parles ! s'exclame Kate dans sa tête. Cette sangsue n'a pas arrêté de harceler la pauvre vieille pour qu'elle lui vende sa maison à un prix ridicule. Quelle hypocrite !

Alanza repose sa commande sur le comptoir et tend sa main droite à Alex.

– Alanza Issakova.

Alex lui sert la main, un sourire en banane sur le visage.

– Et vous ? Vous habitez ici ou vous êtes de passage ?

– J'habite ici, répond Alanza tout en cherchant quelque chose dans son sac. Elle en sort une carte d'affaires qu'elle tend à Alex. Avez-vous des projets pour la maison de votre grand-mère ? demande-t-elle.

Quel vautour ! Elle ne perd pas une minute celle-là, se dit Kate qui continue à les observer du coin de l'œil.

– En fait, je vais faire quelques rénovations dans la maison et ouvrir un bed-and-breakfast, répond-il tout en lisant la carte d'affaires d'Alanza.

– J'ai un très bon réseau de contacts professionnels dans la région. N'hésitez pas à m'appeler si vous avez besoin d'aide.

Alanza prend sa commande qu'elle avait laissée sur le comptoir, et la diablesse aux escarpins (mais qui porte des talons aiguille dans une tempête de neige ???) se dirige vers la sortie. Elle sait très bien qu'Alex la regarde marcher vers la porte, ses yeux se baladant quelque part entre son fessier et ses pieds.

Avant d'ouvrir la porte du café, Alanza fait un petit geste de la tête à Kate pour la saluer.

– Kate, dit-elle avec son sourire carnassier d'agente immobilière mangeuse d'hommes.

Kate la salue en retour, en forçant un sourire poli.

– Alanza.

Et Alanza quitte le café. Alex la regarde s'éloigner par les fenêtres du café.

– Et merde, merde, merde ! lâche Kate à haute voix.

Brooke, qui était concentrée sur le livre, relève la tête.

– Ben, qu'est-ce qui te prend ?

CHAPITRE 5

La journée qui s'annonçait pour être la plus calme de l'année au Whispers Café est la plus occupée. À la grande surprise de Kate et de Colin, le magasin est plein à craquer en milieu de matinée, et une file d'attente de clients impatients s'étend du comptoir jusqu'à la porte d'entrée.

La patronne et son employé derrière le comptoir n'ont pas une minute pour souffler, s'affairant continuellement de la caisse aux machines à café, tout en faisant des détours rapides à la cuisine pour lancer de nouvelles fournées de muffins ou de croissants.

Cappuccinos, chocolats chauds, thé épicé de Noël... Les boissons et les assiettes de pâtisseries défilent sans cesse à l'autre bout du comptoir, là où les clients qui ont passé leurs commandes attendent d'être servis.

Quant à la Rue Princesse, elle s'est transformée en champ de bataille. Des commerçants et des résidents pellettent la chaussée et les trottoirs, ne sachant plus où mettre la neige qui n'arrête pas de tomber; des enfants courent, poursuivis par des boules-de-neige volantes ; des bonshommes de neige pointent le bout de leur nez en carotte; et des personnes âgées marchent prudemment en s'agrippant aux murs des commerces ou des maisons pour éviter de glisser.

Alex a quitté le café depuis longtemps, mais Brooke est toujours dans son coin. Elle essaie de se concentrer sur le livre que Kate lui a prêté, une romance improbable à l'eau de rose entre un riche héritier qui ne sait plus quoi faire de son argent et une fleuriste à la vie modeste, qui se déroule dans les Caraïbes. Le genre de livre que Kate adore, mais qui ne réussit pas à divertir Brooke. C'est simple, les romances, elle n'y croit pas, ce n'est pas fait pour elle. De plus, le café bondé est très bruyant. Les clients parlent fort, des éclats de rire fusent sans cesse, et le son des chaises glissées au sol au lieu d'être soulevées agressent ses oreilles. Mais ce n'est pas la seule chose qui l'empêche de se concentrer.

Brooke pense à sa voiture, qu'elle n'a plu, et qu'elle n'a pas les moyens de remplacer. Elle angoisse en imaginant déjà les longs trajets qu'elle devra faire en bus pour se rendre au travail ou pour se rendre à l'Armée du Salut pour ses heures de bénévolat. Sa carte de crédit est presque blindée à son maximum. Brooke est toujours fauchée, et elle en a marre. À 35 ans, elle devrait avoir un emploi qu'elle aime et qui paye suffisamment pour profiter de la vie ; être propriétaire d'une maison ; avoir des économies et un plan d'épargne-retraite qui lui permettent de dormir tranquille la nuit, non ? Non. Brooke n'a rien de tout ça. Et on ne parle même pas d'un mec. Du côté amour, c'est zéro depuis longtemps.

Un client maladroit interrompt le fil de ses pensées en heurtant le dossier de sa chaise. La tasse de café qu'il porte dans ses mains lui échappe et se déverse sur le livre. Brooke se lève en criant.

– Vous ne pouvez pas faire attention !

Et elle se rue vers le comptoir avec le livre pour attraper une grosse poignée de serviettes. Elle éponge le liquide que les pages ont déjà absorbé. La couverture avec la photo du couple idéal et une mer bleu turquoise en arrière-plan se gondole. Le livre est foutu et pue le café.

C'en est trop pour Brooke. Pas la peine de rester ici. Elle dépose le livre derrière le comptoir.

– Désolée Kate, je t'en achèterai un autre ! lance-t-elle en se ruant vers la sortie.

Kate, occupée avec un client, n'a pas entendu Brooke, mais la voit quitter le café. Étonnée, elle se tourne vers Colin.

– Qu'est-ce qui se passe ? Pourquoi Brooke s'en va ?

Colin la regarde en haussant les épaules, aussi étonné qu'elle.

Brooke s'éloigne dans la rue en marchant rapidement. Ses bottes en caoutchouc ne protègent pas ses pieds du froid, ils sont déjà glacés. Elle a hâte de rentrer chez elle, agacée de voir tout le monde autour d'elle célébrer cette tempête de neige qui ne lui apporte que des problèmes.

Enfin, pour l'instant, c'est ce qu'elle croit.

CHAPITRE 6

Brooke se réveille le samedi matin avec des maux de tête et des éternuements incessants. Évidemment, marcher pendant une heure dans vingt centimètres de neige avec des bottes en caoutchouc et un manteau trop léger pour braver les circonstances météorologiques exceptionnelles, c'est le résultat que ça donne. Mais Brooke n'avait pas le choix, il fallait bien qu'elle rentre chez elle. Sans sa voiture. Qui est à la casse. Mauvais réveil.

Limbo est assis à côté d'elle et tape son visage avec sa patte pour lui rappeler qu'elle a une tâche de la plus grande importance à exécuter dans la cuisine : remplir ce satané bol de nourriture qui est vide. Le chat est affamé, comme d'habitude.

Brooke grogne et saisit son téléphone portable pour vérifier l'heure. Il est dix heures, et à midi elle doit être au travail, pas de temps à perdre. Elle se lève et Limbo saute du lit pour se précipiter vers la porte de la chambre. Il s'arrête et l'attend. Mais Brooke est prise de vertige. Elle se rassoit sur le lit. Ah, Non, non, non ! Limbo revient vers elle et se frotte à ses jambes en miaulant.

– Ça va, j'ai compris, dit Brooke en parlant du nez. Donne-moi une minute.

Le chat la regarde avec insistance. Une minute ? C'est une éternité pour un ventre affamé !

Brooke se relève, attrape sa vieille veste en laine grise au pied du lit, la met puis enfile une grosse paire de chaussettes. Elle se dirige vers la cuisine en traînant les pieds. Pas assez vite pour le chat qui l'attend en protestant à côté de son bol.

– J'arrive, j'arrive ! dit Brooke. Elle se sent nauséeuse.

Elle regarde par la fenêtre de la cuisine. Non seulement la maudite neige est toujours là, mais plusieurs centimètres de flocons sont tombés pendant la nuit. Brooke soupire de découragement. Évidemment, toute cette neige n'allait pas fondre en une nuit ! Les voisins du quartier pellettent la neige pour dégager la chaussée et leurs allées de garage. Les bancs de neige ont l'air de remparts sur lesquels des gamins improvisent des glissades.

Brooke ouvre une boîte de conserve de thon et prend une fourchette pour en déverser le contenu dans le bol de Limbo. Le chat la regarde d'un air offusqué. Du thon ? Encore ?

– Thon du Dollarama, c'est à prendre ou à laisser, mon vieux. C'est pas un hôtel de luxe ici.

Le chat commence à manger pendant que Brooke se dirige vers la cafetière. Elle ouvre le couvercle de la machine, la remplit d'eau, attrape la boîte de café en métal, verse une généreuse cuillère à soupe de café moulu dans la partie supérieure de la machine, referme le couvercle et appuie sur le bouton 'Marche'.

Pendant que la cafetière fait son travail, Brooke se dirige vers la salle de bain avec un manque d'enthousiasme total. Elle a froid et n'a aucune envie d'enlever sa veste de laine et son pyjama. Elle rêverait de retourner dans son lit tout de suite, mais elle n'a pas le choix. Elle ouvre le robinet d'eau chaude de la douche.

Une fois habillée et enfin prête à partir, Brooke retourne dans la cuisine où Limbo a déjà vidé son bol de nourriture. Le chat regarde par la fenêtre, intéressé par les activités des humains à l'extérieur. Il miaule ses commentaires.

Brooke se verse une tasse de café, mais au moment où elle avale la première gorgée, elle fait une grimace et le recrache aussitôt dans la tasse. Plein de petits grains de café moulu flottent à la surface du liquide noir.

– Et merde ! Le filtre, Brooke ! Le filtre !

Agacée, Brooke jette le café dans l'évier en espérant que cette journée sera meilleure que celle d'hier. Puis elle aperçoit par la fenêtre un de ses voisins d'en face, Monsieur Ainsley, sortir la voiture de son garage. Elle enfile ses bottes à toute vitesse, attrape son manteau et son sac, et quitte l'appartement en claquant la porte. Limbo sursaute et voit Brooke quelques secondes plus tard traverser la rue en courant — ou plutôt enjamber les tas de neige comme une course d'obstacles — et embarquer dans la voiture du voisin.

CHAPITRE 7

Une demi-heure plus tard, Monsieur Ainsley dépose Brooke au centre commercial de Savannah Bay. Elle le remercie chaleureusement en descendant de voiture, puis le voisin poursuit sa route.

C'est le chaos dans le grand stationnement extérieur du centre où une dizaine d'employés s'affairent à enlever la neige avec de grosses pelles ; pelletées qu'ils ajoutent à des montagnes de neige érigées à chaque coin du stationnement. Pendant ce temps, les véhicules des visiteurs qui cherchent des espaces dégagés pour se garer circulent à 10 kilomètres heure, les mains bien agrippées à leur volant, par peur de causer un accident.

Brooke effectue un autre parcours du combattant pour se rendre jusqu'aux portes du centre. Elle n'aurait jamais imaginé qu'enjamber autant de neige demanderait un tel effort physique. Les gens qui vivent dans le nord du pays ou sur la côte est, et qui vivent pratiquement dans l'hiver à l'année longue, doivent être en super forme ! se dit-elle. Mais comment font-ils pour gérer autant de neige pendant près de six mois ? Un vrai mystère pour Brooke.

Elle arrive enfin au chaud dans le centre où le sol est recouvert de flaques d'eau à cause des bottes enneigées des visiteurs. On repassera pour la propreté aussi ! Comment sont les centres commerciaux dans l'est du pays ? Toujours sales ? Un autre mystère… Des employés de nettoyage font valser continuellement leurs serpillières un peu partout pour éviter que les gens glissent.

Un sapin géant de couleur bleu métallique, décoré de boules et de guirlandes rouges, trône au centre de l'espace du rez-de-chaussée, de faux cadeaux de toutes les tailles placés à son pied. Le dôme de verre sous lequel l'arbre est placé laisse passer des rayons de lumière, créant des reflets scintillants sur les boules rouges et les épines bleues, comme des éclats de diamants. Brooke s'arrête devant le sapin pour l'admirer pendant un moment. Elle sourit. Son premier sourire depuis hier matin.

Elle continue son chemin et passe devant la maison du Père Noël qui est déjà au travail, assis dans son beau fauteuil de bois sculpté. Une petite fille sur ses genoux le regarde avec fascination. En face de lui, se trouve une longue ligne d'attente de parents blasés et d'enfants impatients d'avoir leur séance photo avec l'homme le plus important de l'année.

Brooke prend l'escalator et grimpe les marches pour se rendre à l'étage supérieur plus rapidement, fait quelques pas et entre dans le magasin de lingerie Perles & Satin. En passant devant le comptoir, elle voit Suzie, la gérante, en train de servir une cliente à la caisse. Suzie regarde Brooke avec d'énormes yeux de soulagement. Brooke comprend le message. Le magasin a dû être très occupé depuis l'ouverture, et elle ne voit pas sa collègue Madison. Elle va dans l'arrière-boutique pour enfiler sa tenue de travail — un pantalon noir et un t-shirt noir sur lequel le nom du magasin est inscrit en rose — et elle se rend au comptoir où Suzie est enfin seule. La cliente qu'elle vient de servir se dirige vers la sortie, en portant un sac du magasin.

– Enfin du renfort ! s'exclame Suzie avec soulagement. Je n'ai pas arrêté depuis ce matin.

– Où est Madison ? demande Brooke.

– Malade, répond Suzie. Elle regarde Brooke d'un air suspicieux. Tu as une de ces têtes, toi ! Ne me dis pas que tu es malade aussi ? Ah non ! Ne me refile pas ton virus s'il te plaît. C'est la période des fêtes, j'ai pas le temps d'être malade.

– Je ne te promets rien, mais au moins, moi, je suis là. Pourtant, ce n'est pas l'envie de rester couchée qui m'a manquée ce matin.

– J'imagine bien… Bon, je te laisse pendant une vingtaine de minutes, il faut absolument que j'aille au p'tit coin et manger quelque chose. J'ai pas eu une minute pour moi.

– Pas de problème, répond Brooke en se dirigeant vers un présentoir pour remettre en ordre un tas de culottes mélangées par des clientes. Le 're-pliage' incessant de la marchandise, gestes répétitifs et interminables qu'aucune vendeuse ne peut éviter, ennuient Brooke au plus haut point. Elle préfère conseiller les clientes dans leurs achats, ou encore être à la caisse. Mais replier ces maudites culottes une centaine de fois dans la journée, devoir les ranger en fonction de leur taille, ou remettre les soutiens-gorge sur les petits cintres, ça, ça la rend dingue.

Brooke entend les pas de quelqu'un se rapprocher derrière elle. Ravie, elle laisse ses culottes sur le présentoir et se retourne. Et quand elle voit la cliente qui vient d'entrer dans le magasin, son visage se défait.

Encore elle. Toujours elle.

Alanza.

CHAPITRE 8

Brooke déteste Alanza, mais pas pour les mêmes raisons que Kate.

Les deux femmes ont le même âge, trente-cinq ans, ont toutes deux grandi à Savannah Bay, et elles ont fréquenté les mêmes écoles, dans les mêmes classes. C'est là qu'est le problème. Brooke a souffert de la présence d'Alanza pendant toute sa scolarité.

Si le monde autour d'Alanza la voit comme une superbe femme, Brooke, elle, connaît son vrai visage. Et quand elle la voit, Brooke trouve Alanza laide. Très laide.

Alanza et sa clique de copines snobs et stupides trouvaient toujours des raisons de se moquer des autres élèves, en particulier des filles, et prenaient un malin plaisir à les humilier devant tout le monde en faisant des remarques blessantes, ou en leur jouant des mauvais tours.

Alanza a la stupidité de croire qu'en étant devenue adulte, d'avoir un boulot qui lui assure un revenu confortable, et de porter des vêtements de marque sur le dos, l'absout de son passé peu glorieux de tyran. Mais aux yeux de Brooke, Alanza reste un bourreau sadique, incapable de ne pas humilier les autres femmes, dès qu'elle en a l'occasion.

– Bonjour, Alanza, lui dit Brooke en forçant un sourire professionnel.

– Oh, bonjour Brooke. Tu travailles encore ici ? demande-t-elle d'un air faussement étonné.

Alanza sait très bien que Brooke travaille chez Perles & Satin depuis dix ans.

Oui, et pourquoi aurais-je changé d'emploi ? répond Brooke dans sa tête. À chaque fois qu'elle voit Alanza et qu'elle doit lui adresser la parole, Brooke entretient une double conversation, et elle préfère celle qui se déroule dans sa tête.

Alanza émet un vague « Hmm… » qui a des relents de mépris.

– Comment puis-je t'aider ? demande Brooke qui préférerait ranger des centaines de culottes plutôt que d'avoir à faire à cette vipère.

– Je cherche quelque chose de très…sexy, répond Alanza.

Dans un magasin de lingerie ? Que c'est original ! pense Brooke.

– Pourrais-tu être plus précise ? demande Brooke, très tentée d'ajouter un soupçon de moquerie dans sa question, mais elle se retient. Penses-tu à une couleur ou à un style particuliers ?

– Hmm… dit Alanza en regardant le plafond. Quelque chose de provocant… Noir et rouge… Un bustier, peut-être, qui mettrait en valeur ma poitrine et soulignerait ma taille.

Un tube ? Brooke imagine Alanza coincée dans un tube de plastique rouge, ses jambes sortant d'un côté et sa poitrine débordant de l'autre.

– Nous avons quelques modèles en rouge et noir, par ici.

Alanza suit Brooke dans un coin du magasin où se trouve un présentoir avec des bustiers en satin rouge et dentelle noire. Alanza fait défiler les cintres pour voir les bustiers. Elle fait la moue.

– Hmm… Je cherche quelque chose de plus épicé, plus explosif. Pas le genre de lingerie que tu porterais, par exemple.

Alanza regarde Brooke avec un sourire narquois.

Explosif ? Mais bien sûr. Pourquoi pas un pétard planté entre les seins, comme ceux qu'on voit sur les gâteaux d'anniversaire ? Brooke se dirige dans un autre coin du magasin et ouvre un grand tiroir.

– Que penses-tu de ce corset ? C'est le plus cher du magasin.

Brooke sait bien qu'Alanza veut toujours les choses les plus chères. C'est comme ça qu'elle se sent supérieure aux autres. Si c'est l'article le plus cher du magasin, il y a de grandes chances qu'elle l'achète, et Brooke sera ainsi débarrassée rapidement de sa cliente indésirable.

Alanza prend le corset de cuir rouge vif, au décolleté plongeant, dans ses mains. Il est fermé au centre par un ruban de satin noir entrelacé qui se termine en forme de nœud à la naissance de la poitrine. Des attaches de porte-jarretelles de cuir noir sont cousues à l'avant et à l'arrière du bustier.

Alanza regarde Brooke de la tête aux pieds avec dédain et lui lance un autre de ses sourires hypocrites.

– Est-ce que tu as ce modèle en taille 0 ? Celui-ci est une taille 2. C'est bien trop grand pour moi !

Évidemment, il fallait bien que cette peste pose cette question avec délice et arrogance.

– Je vais voir si on en a, répond Brooke en s'éloignant à grands pas vers l'arrière-boutique, les yeux tournés vers le ciel, maudissant de toutes ses forces cette femme qu'elle déteste plus que tout au monde.

CHAPITRE 9

Kate gare sa voiture devant les portes d'entrée du centre commercial et envoie un SMS à Brooke.

Suis arrivée, garée devant les portes, c'est quand tu veux !

Et quelques minutes plus tard, Kate voit Brooke courir vers sa voiture. Elle s'engouffre aussitôt dedans.

– Brrr ! Est-ce que c'est moi ou il fait encore plus froid que ce matin ? demande Brooke en tirant sur sa ceinture de sécurité.

– Non, ce n'est pas toi, répond Kate en faisant une grimace. La météo annonce des journées encore plus froides. C'est un vrai désastre partout en ville. Savannah Bay s'est transformée en station de sports d'hiver. J'ai même vu des gens faire du ski de fond sur la chaussée et sur les trottoirs !

– Non ! lui répond Brooke avec des gros yeux ébahis. C'est complètement dingue. Je ne comprends pas pourquoi la Ville n'envoie pas des déneigeuses.

– Le problème c'est que la Ville n'est pas habituée à avoir des tempêtes de neige, et encore moins de cette envergure, donc ils n'ont pas l'équipement nécessaire pour ramasser la neige. Apparemment, la mairie est en attente de matériel qu'ils ont loué, et ce sont des dépenses qui coûtent cher. J'en ai parlé avec des clients au café aujourd'hui. Oh, et tous les magasins de bricolage en ville sont à cours de pelles et de sacs de gros sel. Stocks épuisés en vingt-quatre heures ! Complètement fou… Bon, et toi, comment était ta journée ?

– Pfiou ! Super occupée, comme un samedi de décembre à trois semaines de Noël. En plus, Madison n'est pas venue… Oh, et j'ai eu la visite de la vipère. Je dois dire que son budget lingerie est impressionnant. Avec toutes les visites qu'elle fait au magasin, elle doit avoir un placard entier rempli de soutiens-gorge et de culottes, c'est pas possible. Où est-ce qu'elle met tout ça ? Et qui a besoin d'autant de lingerie et de fringues ? Je la vois tous les samedis au centre avec des tonnes de paquets dans les mains.

– Je te parie que ce n'est pas un placard qu'elle doit avoir, mais une pièce entière ! répond Kate.

Les amies pouffent de rire. Si cette pièce existe, Brooke espère se retrouver un jour dedans avec une grosse paire de ciseaux à la main.

– Bon, assez parlé d'Alanza. Ce soir, je te prépare du saumon grillé au sirop d'érable, des pommes de terre sautées, et une mousse au chocolat en dessert. Ah ! Et le tout arrosé d'une bonne bouteille de vin rouge, bien sûr.

Brooke se tourne vers son amie avec un large sourire.

– Qu'est-ce que je ferais sans toi ?

*

Comme à son habitude, Kate dépose un baiser du bout des doigts sur le cadre posé sur la commode, dans l'entrée de sa maison.

– Bisous, mon amour ! dit-elle affectueusement à l'homme sur la photo.

Brooke, qui la suit, fait un petit salut de la main en

direction du cadre.

– Salut, Jake !

L'homme sur la photo est le mari de Kate, décédé d'un cancer foudroyant cinq ans auparavant, à l'âge de quarante ans seulement. Kate et lui formait le couple idéal, que tout le monde enviait. Ils s'étaient rencontrés au collège lorsqu'ils avaient quatorze ans ; étaient devenus amoureux au lycée ; et s'étaient mariés avant de commencer leurs études à l'université. Le genre d'amour dont tout le monde rêve, mais qui arrive si rarement. Un cadeau précieux de la vie.

Puis la maladie est arrivée et a fauché Jake en l'espace de deux mois seulement. Un choc terrible pour Kate. Jake avait été dans sa vie pendant presque trente ans. Ils étaient tout l'un pour l'autre. Ce vide atroce était insupportable. Alors Kate a quitté le travail qu'elle avait à l'époque, et Brooke l'a beaucoup aidée en restant très proche d'elle pendant la première année qui a suivi le décès de Jake. Puis, lentement, Kate a refait surface et reprit goût à la vie.

C'est grâce à l'argent perçu par l'assurance-vie de son mari que Kate a pu acheter une vieille boutique au centre-ville de Savannah Bay, qui était autrefois un atelier de ferronnerie, pour la transformer en café. Elle avait trouvé le lieu plein de charme avec ses murs de briques rouges, ses charpentes en métal et ses grandes fenêtres en bois. Elle savait qu'avec quelques travaux, elle pourrait transformer l'endroit en un espace chaleureux. Kate avait besoin d'être entourée de personnes et de faire de nouvelles rencontres. L'ouverture du Whispers Café est une de ses grandes fiertés, et finalement, c'est grâce à Jake qu'il existe.

Mais pour Kate, son mari restera Jake, pour toujours, même s'il est parti. Elle ne veut personne d'autre dans sa vie. Ses amis l'encouragent à rencontrer d'autres hommes, mais Kate refuse catégoriquement. « J'ai été extrêmement chanceuse de rencontrer le grand amour de ma vie » leur répond Kate lorsque ses amis essaient de la convaincre.

« Aucun autre homme ne peut arriver à la cheville de Jake. C'est impossible ». Alors, pour continuer à célébrer le souvenir de leur amour à sa façon, Kate s'évertue à former des couples depuis qu'elle a ouvert le Whispers Café. Fine psychologue et observatrice, elle repère rapidement les célibataires qui fréquentent le café et les 'match' ensemble, avec l'aide de Colin, bien sûr, dans le rôle de l'investigateur privé.

Sur la porte du réfrigérateur de sa cuisine, Kate a accroché les photos des cinq couples heureux qu'elle a contribué à unir. Et ils filent toujours le parfait amour !

En faisant dorer les darnes de saumon dans la poêle, Kate sourit en pensant à 'son' prochain couple. Elle se doit de réussir sa nouvelle mission ! Elle aimerait tellement offrir à Brooke le miracle de Noël qu'elle mérite.

Brooke place les assiettes et les couverts sur la table de la salle à dîner, face à la double porte-fenêtre avec vue sur l'océan Pacifique. La terrasse en bois est recouverte de quarante centimètres de neige, au moins. On ne voit plus les pieds des chaises de jardin.

– Et voilà, c'est prêt ! dit Kate joyeusement en déposant les plats sur la table. Elle ouvre la bouteille de cabernet sauvignon et verse un verre de vin à Brooke, puis elle se sert. Les amies lèvent leurs verres.

– À l'amour ! dit Kate avec un grand sourire, en pensant au prochain couple qu'elle va créer.

– À l'amour ! répète Kate, en pensant que Kate fait référence à Jake.

Elles s'assoient et commencent à manger.

– Tu sais, j'ai revu Alex ce matin au café, dit Kate en piquant sa fourchette dans un morceau de pomme de terre. J'ai eu l'occasion de parler un peu plus avec lui. Ce gars a vraiment l'air sympa.

– Alex qui ? demande Brooke en fronçant les sourcils.

– Alex Brent ! Le neveu de Madame Dawson.

Brooke pose ses couverts dans son assiette.

– Le crétin qui a défoncé ma voiture, tu veux dire ?

– Brooke, les gens réagissent rarement bien lors d'un accident. Et il était très tôt, tout le monde n'est pas matinal. Et avec les conditions météos exceptionnelles… Et rappelle-toi qu'il n'a plus la commode de sa grand-mère.

Brooke regarde son assiette en pinçant ses lèvres.

– Je sais. C'est dommage. Tu sais bien que j'adorais Dorothy.

Brooke relève ses yeux.

– Mais qu'est-ce que tu veux que je fasse ? continue-t-elle. Je ne peux même pas me payer une voiture, alors je peux encore moins remplacer une commode qui, de toute façon, est irremplaçable !

Kate sourit et tapote la main de Brooke.

– Personne ne te demande de remplacer la commode, bien sûr. C'était un accident. Je me disais simplement qu'il était dommage que vous partiez sur un si mauvais pied. Je sais que tu as souvent aidé Madame Dawson pour faire ses courses, et que tu lui as tenu compagnie quand elle était malade, que vous parliez souvent ensemble au café. Je suis sûre qu'elle serait très heureuse que son petit-fils et toi vous entendiez bien.

Brooke fronce les sourcils en fixant Kate du regard.

– Attends une minute, toi ! Ne me dis pas que tu as dans l'idée de… Ce type et moi ? C'est ça ?

Brooke est choquée que Kate puisse avoir une idée si saugrenue.

– Non, mais tu rigoles ? Certainement pas ! Oublie cette idée maintenant, c'est du grand n'importe quoi.

– Brooke, je t'encourage seulement à le voir sous un œil différent.

– Ce n'est pas parce que j'étais amie avec Dorothy que je dois être amie avec son petit-fils aussi.

– Il va ouvrir un bed-and-breakfast, dit Kate en regardant son assiette.

Brooke se fige, l'air inquiète.

– Quoi ? Où ça ?

– Dans la maison de Madame Dawson, évidemment. Il

a commencé à faire des travaux. Je me souviens que tu m'avais parlé de cette idée. Tu m'as dit à plusieurs reprises que si tu avais la chance de posséder cette maison, tu rêverais d'en faire un bed-and-breakfast. C'est vrai, non ?

Brooke émet un grand soupir agacé. Non seulement ce 'crétin' d'Alex a défoncé sa voiture, mais il lui pique aussi son rêve ! Elle enfourne un morceau de saumon et la moitié d'une grosse pomme de terre dans sa bouche.

– Merveilleux ! Très contente pour lui ! dit-elle en mâchouillant sa nourriture nerveusement. Puis elle prend son verre de vin et avale une grosse gorgée pour faire passer le tout.

Kate sourit affectueusement en regardant Brooke, car elle est certaine d'une chose : le chemin qui mène à l'amour n'est pas pavé d'indifférence…

CHAPITRE 10

– Tu ne devineras jamais la dernière ! dit Brooke à Limbo, tout en tenant le chat à hauteur de sa tête, le regardant droit dans les yeux. Kate veut me matcher avec le crétin !

Limbo regarde Brooke sans cligner des yeux pendant quelques secondes, se demandant de quoi il peut bien s'agir, puis il se met à gigoter dans tous les sens et à miauler. Brooke le dépose à terre.

– Merci de ton intérêt ! Ça me va droit au cœur.

Le chat se dirige vers son bol de nourriture et tourne autour en geignant.

– Je me demande comment tu n'es pas obèse, toi, avec toutes les boîtes de conserve que tu t'empiffres !

Brooke va chercher une boîte de thon dans un des placards de la cuisine, l'ouvre et verse le contenu dans le bol de Limbo. Cette fois-ci, le chat ne la regarde même pas d'un air indigné, il se jette dessus comme un affamé.

– Je ne sais pas où elle va chercher ces idées, continue Brooke en enlevant ses chaussures. Non mais ! Tu me vois avec ce type ? dit-elle en se dirigeant vers sa chambre. Puis elle hausse la voix pour être certaine que Limbo l'entend. Inconsidéré… Impoli… Non, vraiment pas mon genre, merci !

Brooke enlève ses vêtements et enfile son pyjama.

– Non, des mecs bien, Limbo, je peux te dire qu'il n'y en a pas des tonnes, poursuit-elle en se dirigeant vers la salle de bain. Jake, le mari de Kate, ça, c'était un homme bien. Exceptionnel, même !

Brooke ouvre son tube de dentifrice et dépose de la pâte sur sa brosse à dents. Elle continue à parler en se brossant les dents.

– De chouche fachon, chuis chrès bien choute cheule ! Et chuis pas cheule, chuis avec choi. Un mec, ch'est chuste un pachet d'problèmes !

Brooke finit son brossage et retourne dans la cuisine pour mettre la bouilloire électrique en marche. Elle regarde par la fenêtre. Il fait nuit, la rue est déserte. La lumière des lampadaires éclaire les tas de neige qui ressemblent à des remparts dressés le long des trottoirs. Certaines voitures sont encore enfouies sous la neige. Des voisins malchanceux qui n'ont pas trouvé de pelle, peut-être, ou qui n'ont pas eu le courage de dégager leur voiture.

Le regard de Brooke se fige, perdu quelque part dans cet amas de flocons imprévus.

– C'est marrant, dit-elle à voix basse. La neige est scintillante. Avais-tu déjà remarqué que la neige était scintillante, Limbo ?

Le chat ne réagit pas. Il continue à manger. Brooke reste silencieuse, les yeux fixés sur la neige.

– C'est tellement beau.

CHAPITRE 11

Alex saisit les cintres sur lesquels sont accrochés les vêtements de sa grand-mère et les dépose sur le lit. Il avait repoussé cette étape jusqu'à maintenant, mais il sait qu'il ne peut plus l'éviter. Il va bientôt commencer les travaux dans la maison et il doit vider les pièces et les placards. Mais à chaque objet qu'il met dans un carton, son cœur se serre. Il se sent coupable, comme s'il jetait Dorothy Dawson et sa vie aux oubliettes.

Trois grands cartons sont ouverts, déposés au sol au pied du lit, avec les mentions 'Garder', 'Donner', 'Jeter'. Parfois, Alex hésite, ne sachant vraiment pas à quel carton destiner un objet. Mais il ne peut pas tout garder. À sa grande surprise, même se débarrasser des vêtements de sa grand-mère est difficile. Il sourit en se souvenant de cette robe bleue à fleurs qu'elle aimait porter l'été ; il est ému devant un chemisier qui lui rappelle un moment important ; il avait oublié ce manteau qu'il avait toujours trouvé affreux… Il rigole, puis il soupire de nostalgie. Il décide d'aller plus vite. S'il prend son temps, ce sera plus difficile. Autant accélérer la tâche et éviter de trop penser. Et puis ces vêtements et certains de ces objets vont servir à d'autres personnes, ils resteront utiles. Sa grand-mère apprécierait ça.

Une fois le placard vidé, Alex se dirige vers la coiffeuse Art Déco en acajou. Il jette les brosses et les peignes qu'il trouve dans un des tiroirs, et s'étonne d'y trouver une quantité incroyable de maquillage. Dorothy était restée une femme coquette et élégante jusqu'au dernier jour de sa vie. Ne connaissant rien aux cosmétiques, Alex saisit le tiroir et vide tout son contenu dans le carton 'Jeter' en s'excusant à haute voix « Désolée mamie ! »

Puis il ouvre un autre tiroir, y trouve quelques paires de gants en cuir et en tissu, et un vieux cahier épais. Il dépose les gants dans le carton de choses à donner, puis regarde le cahier un moment, hésitant à l'ouvrir. Et si ce cahier contenait des secrets sulfureux révélant la double vie de sa grand-mère ? Devrait-il jeter le cahier sans même l'ouvrir ? Mais c'est plus fort que lui. Il s'assoit sur le banc de la coiffeuse et l'ouvre.

Il tourne les pages du cahier doucement et sourit, ému par ce qu'il voit. Des photos de lui, de sa naissance à sa vie d'adulte, sont collées dans le cahier. Les photos sont clairement identifiées par des notes, des dates, l'âge d'Alex, et des commentaires sont écrits sous les photos, relatant des événements précis en lien avec elles. Dorothy était tellement fier de lui, son unique petit-fils.

Alex se demande pourquoi sa grand-mère a gardé ce cahier ici, dans le tiroir de la coiffeuse, au lieu de le mettre dans un des tiroirs du secrétaire dans le salon. Il continue à tourner les pages et comprend que le cahier n'est pas qu'un album photos. Dorothy prenait des notes sur d'autres sujets, comme les activités qu'elle avait accomplies dans une journée, seule ou avec ses amis ; comment elle se sentait ; que sa famille lui manquait ; des réflexions sur des conversations qu'elle avait eues avec des clients du Whispers Café.

Vers la fin du cahier, Alex trouve des notes prises pendant les mois qui ont précédé son décès. Il fronce les sourcils. Dorothy mentionne à plusieurs reprises le nom d'une personne qu'il ne connaît pas. « Brooke est passée pour m'apporter une soupe au potiron, un pain de maïs, et une grosse part de gâteau au chocolat. Elle me gâte ! » ; « Brooke a eu la gentillesse de me déposer au centre commercial. Que ferais-je sans elle ? » ; « Brooke est passée prendre un thé et m'a montré le premier bonnet qu'elle a tricoté. Pas une réussite ! Je crois qu'elle ne va pas récidiver, la pauvre. En tout cas, nous avons bien rigolé ! »

Alex est perplexe. Qui est cette Brooke dont parlait si souvent sa grand-mère ? Il referme le cahier, le pose sur la coiffeuse, et regarde autour de lui, songeur. Il reste une quantité incroyable d'objets à trier.

Pas le temps de couler des larmes ou de résoudre des mystères, se dit-il, fais ce que tu as à faire.

Alors Alex se lève et continue à trier les affaires de Dorothy.

CHAPITRE 12

Alex se dirige rapidement vers la porte d'entrée du magasin de l'Armée du Salut en espérant y trouver un bouton d'ouverture automatique qu'il pourra activer avec son coude, parce que ses mains sont pleines. Il porte deux gros cartons lourds, et sa vision est limitée par celui du haut qui lui arrive au niveau du nez.

Une fois devant la porte du bâtiment, il se met de côté pour mieux voir. Il cherche la présence d'un de ces fameux boutons sur les côtés de la porte, mais n'en voit pas. Il ronchonne en essayant de libérer sa main droite pour ouvrir la porte. Sans succès. Il manque de faire tomber les cartons, mais les rattrape à temps. Alex a beau être en excellente forme physique, il se demande pourquoi cette porte doit être aussi lourde. Par chance, un homme arrive derrière lui et lui ouvre la porte. Alex entre dans le bâtiment en le remerciant chaleureusement, et lui demande où il peut déposer ses dons de vêtements. L'homme tend un bras et lui dit de se rendre au comptoir situé au fond du magasin, à sa droite.

Alex traverse à la hâte les allées étroites du magasin, tout en évitant d'accrocher au passage les vêtements sur les présentoirs. Il est surpris par le nombre important de clients autour de lui, principalement à la recherche de manteaux d'hiver. Il espère que les manteaux de Dorothy qui se trouvent dans les cartons trouveront d'heureux preneurs.

Il arrive enfin devant le comptoir sur lequel il dépose avec soulagement les deux cartons, tout en souriant. Et quand il les dépose, il perd immédiatement son sourire.

De l'autre côté du comptoir, une femme le regarde avec un air pincé. Il la reconnaît.

Brooke est déçue. Elle se demandait qui était ce grand homme à belle allure et aux beaux yeux bleus qui approchait vers le comptoir.

Ils restent tout deux silencieux pendant quelques secondes en se fixant dans les yeux.

– C'est pour un don de vêtements, dit finalement Alex, sur un ton neutre.

– Je vois, répond Brooke sans sourciller du visage.

– Deux cartons.

– Je sais compter.

Alex lève les yeux au plafond en soupirant, puis il regarde Brooke de nouveau.

– Alors, c'est tout ? Je vous laisse les cartons ?

– Oui, c'est tout.

Brooke attend qu'Alex parte pour prendre les cartons, mais il reste planté de l'autre côté du comptoir, à les regarder.

– Il y a un problème ? demande-t-elle, légèrement agacée.

– Non. J'espère que vous prenez bien soin des vêtements que les gens vous donnent.

Brooke fronce les sourcils.

– Ne vous inquiétez pas. Il n'y aura pas 'd'accident', si c'est ce qui vous inquiète, répond Brooke en forçant un sourire faussement poli.

– Merveilleux ! dit Alex avec un ton narquois.

Il retourne à grands pas vers la porte d'entrée pour quitter le bâtiment.

Brooke hoche la tête en regardant Alex partir, puis elle ouvre un des cartons. Lorsqu'elle reconnaît les vêtements de Dorothy, les larmes lui montent aux yeux.

*

Alex rentre dans sa camionnette de location en claquant la porte et en râlant.

– Mais quelle idiote, celle-là !

Il pose ses mains sur le volant pour retrouver son calme et réalise qu'il n'a pas envie de rentrer 'chez lui'. C'est encore la maison de sa grand-mère, et il a eu assez d'émotions pour la journée, il a besoin de se changer les idées.

Il se souvient de la carte d'affaires que cette superbe femme au café lui a donné, le jour de l'accident. Il fouille ses poches et retrouve la carte. Il prend son téléphone portable, hésite un moment, puis compose le numéro. Alanza répond.

– J'espère que je ne vous dérange pas ? demande Alex.

– Pas du tout ! répond Alanza, ravie d'entendre sa voix.

– Je sais que c'est de la dernière minute et qu'on est dimanche après-midi, et peut-être que vous allez me trouver impoli, mais pour être honnête, euh… Bon, enfin, pour être honnête, je n'ai pas envie de passer mon dimanche soir seul, et je me suis dit qu'on pourrait se voir pour que vous me parliez un peu de Savannah Bay et des contacts que vous avez dans le milieu des affaires. Est-ce que vous faites quelque chose ce soir ?

– Oui, je fais quelque chose ce soir, répond Alanza.

– Ah… répond Alex, en essayant de cacher sa déception.

Alanza rigole.

– Avez-vous déjà mangé une Moqueca ?

– Une Moque…quoi ? demande Alex, confus.

– Une Moqueca. C'est un plat traditionnel brésilien. Vous aimez le poisson ?

– Oui, j'aime le poisson, répond aussitôt Alex.

– Alors ce soir je vais vous cuisiner une merveilleuse Moqueca. Vous ne serez pas déçu ! Sept heures, chez moi ?

Alex hésite un moment. Aller chez elle ? Il aurait préféré un restaurant, ou un pub… Mais bon, Alanza est un canon, il ne va quand même pas se faire prier !

– Très bien, ce soir, sept heures. Quelle est votre adresse ?

CHAPITRE 13

Alex gare sa camionnette devant la luxueuse résidence d'architecture moderne en se demandant s'il est à la bonne adresse. Combien de pièces doit-il y avoir dans cette immense maison ? Est-ce qu'Alanza habite seule ici ? Il a un doute et vérifie l'adresse sur son papier. Pas d'erreur, c'est la bonne.

Maintenant, il se sent intimidé. Il s'attendait à passer une soirée dans un cadre plus simple et plus 'relax'. Il hésite un moment à descendre de la camionnette. Devrait-il faire demi-tour et appeler Alanza pour annuler cette soirée en lui donnant un prétexte quelconque ? Mais il n'a vraiment pas envie de passer la soirée seul, il sait qu'Alanza a cuisiné pour lui, et ce serait impoli d'annuler en dernière minute. Ah, et détail non-négligeable, l'agente immobilière est loin d'être laide… Réflexion faite, Alex prend le sac en papier sur le siège passager qui contient la bouteille de vin rouge qu'il a achetée, et sort de la camionnette.

En marchant dans l'allée qui mène à la maison, il remarque que celle-ci est parfaitement déblayée. C'est un travail fait avec une déneigeuse sans aucun doute, pas un 'vulgaire' ramassage à la pelle. Mais il imagine mal une femme comme Alanza prendre une pelle ou manipuler une déneigeuse pour nettoyer son allée, chaussée de talons-aiguille. La neige tassée est généreusement recouverte d'un mélange de sable et de sel pour éviter de glisser. Pas de doute, c'est un travail de pro. Soit une personne engagée par Alanza ou…son mari ? Après tout, Alex ne sait rien d'elle.

Les marches carrelées du perron font au moins quatre mètres de large et ont de gros spots incrustés à chaque extrémité qui projettent des faisceaux de lumière. Ils sont tellement puissants qu'Alex doit plisser ses yeux en montant les marches. Plutôt dangereux, pense-t-il. Il arrive devant la double porte d'entrée qui lui fait penser à une porte de coffre-fort, et appuie sur la grosse sonnette carrée placée dans le mur, à droite de la porte, au-dessus de laquelle est fixée une caméra. Est-ce qu'Alanza l'observe ?

Alex attend un bon moment sans qu'il ne se passe rien. Normal, se dit-il, avec la taille de la maison, ce n'est pas étonnant. Ça doit prendre plusieurs minutes pour se rendre à cette porte d'entrée… Finalement, la porte s'ouvre. Alex sourit instantanément, il ne regrette pas d'être venu.

Alanza est superbe, divinement sexy, dans une robe noire moulante au décolleté plongeant qui épouse parfaitement ses courbes, et elle porte des escarpins élégants recouverts de paillettes grises. On dirait qu'elle s'apprête à aller danser toute la nuit.

Un Pug arrive en courant et en aboyant. Il se met immédiatement à renifler les chaussures d'Alex. Le chien respire bruyamment comme si quelque chose obstruait ses narines ou ses poumons. Alanza rigole.

– C'est Frodo, l'homme de la maison ! dit-elle.

Plutôt le 'Hobbit' de la maison, pense Alex. Et encore, c'est une insulte pour les Hobbits. Et maintenant, ce chien a la bonne idée de lécher ses chaussures !

– Frodo, ça suffit, chéri ! dit Alanza.

Chéri ? Elle appelle son chien 'chéri' ? Alex décide de se concentrer sur les yeux d'Alanza et sa robe noire, au lieu de penser au Hobbit ridicule qui prend ses chaussures pour des crèmes glacées.

Son hôtesse l'invite à le suivre dans le salon. Ils marchent dans un long et large couloir avec des tableaux de chaque côté des murs. Des originaux, apparemment, surtout de l'art moderne. Alex a l'impression de traverser une galerie d'art.

Le 'salon' est un espace ouvert communiquant avec la cuisine, aussi grand qu'une salle de réception pour une centaine de personnes. Le plafond est haut, et les murs vitrés offrent une vue magnifique sur l'océan. Il y a une grande terrasse dehors, parfaitement nettoyée, sans la moindre présence de flocons de neige.

Alanza a déjà mis les couverts sur une table longue et massive à la forme étrange, faite en ciment. Probablement une pièce unique conçue par un designer, se dit Alex. Et probablement très chère.

– J'ai apporté du vin, dit Alex en tendant la bouteille de vin rouge à Alanza.

Alanza prend la bouteille sans même la sortir de son sac en papier et la dépose sur un des comptoirs de la cuisine.

– Merci, mais j'ai acheté une merveilleuse bouteille de vin blanc qui ira très bien avec la Moqueca.

Elle se dirige vers le réfrigérateur—un mastodonte à deux portes fait pour une famille de dix enfants—ouvre une porte, et prend une bouteille de vin blanc. Elle ouvre la bouteille et verse le vin dans deux coupes.

– D'ailleurs on peut commencer à l'apprécier maintenant ! dit-elle en tendant un verre à Alex.

Ils cognent leurs verres en souriant.

– Saúde ! dit Alanza.

Alex la regarde, perplexe.

– Ça veut dire 'à ta santé !' en brésilien, précise Alanza.

– Ah, répond simplement Alex. Votre maison est superbe. Et très grande. Vous vivez seule ici ?

– Oui. Mais on peut se tutoyer, répond-elle en lui lançant un client d'œil.

– OK, répond Alex. Tu planifies d'avoir une famille

nombreuse, dit-il en blaguant.

– Pas du tout. Je ne veux pas d'enfant. J'ai mon petit coquin de Frodo, dit-elle en souriant à son chien.

Le Pug est assis à ses pieds, la langue sortie, comme s'il attendait quelque chose.

– L'ancien propriétaire de la maison m'avait contactée pour que je la vende, et quand je l'ai visitée, je l'ai adorée. Alors je l'ai achetée.

– Aussi simple que ça ? demande Alex, surpris.

– Aussi simple que ça, répète Alanza. Quand quelque chose me plaît, je l'achète. C'est tout.

Alex avale une grosse gorgée de vin.

– Et les tableaux dans l'entrée ? Tu collectionnes les œuvres d'art ?

– Non, mais mon père était marchand d'art. Ces œuvres sont une partie de mon héritage.

– Ton père est décédé ?

– Mes deux parents sont décédés dans un accident d'avion, mais c'était il y a longtemps déjà, dit Alanza en balayant l'air de sa main. J'étais adolescente.

– Ah… Désolé d'apprendre ça.

Alanza prend une petite télécommande posée sur un des comptoirs de la cuisine, la pointe vers le plafond, et appuie sur un bouton. De la musique se met en jouer.

– Il n'y a pas de quoi être désolé. Grâce à mes parents, j'ai hérité d'une fortune !

Alex lève les yeux vers le plafond en se demandant où peuvent bien se trouver la boîte de commande et les speakers, mais il ne voit rien. Système super sophistiqué, se dit-il. Il revient à Alanza.

– Si je peux me permettre, pourquoi travailler si tu as hérité d'une fortune ?

Alanza se dirige vers la grande table bizarre et, d'un geste de la main, invite Alex à prendre place devant un des deux couverts situés à une extrémité de la table.

– Parce que ça m'amuse, répond-elle simplement en haussant les épaules et en s'asseyant à côté de lui. Je suis spécialisée dans les demeures de luxe. Je vois de superbes maisons, je rencontre des clients riches et intéressants, et ma fortune grandit, dit-elle avec un grand sourire.

Alex regarde son assiette creuse et blanche, la seule chose la plus simple qu'il ait vue dans cette maison depuis son arrivée. Ceci dit, elle a probablement été achetée à un prix exorbitant…

Alanza enlève le couvercle du plat en céramique posé devant eux. De la fumée s'en échappe, dégageant un léger arôme de noix de coco.

– Et voici ma fameuse Moqueca ! C'est un ragoût de poisson, mais j'y ai ajouté des crevettes aussi. Tomates, poivrons, oignons, ail, coriandre… Ah, normalement, on ne sert pas la Moqueca avec du riz, mais un homme comme toi a besoin de plus qu'un ragoût de poisson pour nourrir ses muscles, dit-elle en faisant un clin d'œil à Alex, tout en tâtant son biceps gauche.

Alanza prend l'assiette d'Alex et le sert généreusement.

– Et toi, Alex, où étais-tu et que faisais-tu avant de venir à Savannah Bay pour y ouvrir un bed-and-breakfast ?

– J'habitais à Halifax et je travaillais pour le gouvernement provincial, au département des finances et de la trésorerie. Rien de bien passionnant… Quand j'ai appris que ma grand-mère m'avait légué sa maison, je me suis demandé ce que j'allais en faire. La louer, la vendre… Mais finalement, à cause d'un autre événement, j'ai décidé de quitter la côte est pour venir m'installer ici. J'ai toujours aimé la maison de ma grand-mère, et j'en avais plus que marre des longs hivers. C'est comme ça que l'idée m'est venue de m'installer ici. Savannah Bay attire beaucoup de touristes toute l'année, et la maison de ma grand-mère fait partie du patrimoine local, donc le bed-and-breakfast devrait bien marcher.

– Si jamais tu changes d'avis et veux vendre la maison, n'hésite surtout pas à m'en parler. Je serais ravie de t'aider, dit Alanza en resservant un verre de vin à Alex. Alors, cette Moqueca ?

Alex avale la crevette dans sa bouche et sourit.

– Délicieuse ! Félicitations, Alanza, tu es une excellente cuisinière.

– Merci, Alex. Dis-moi, quel est cet 'événement' qui t'a poussé à venir ici, si ce n'est pas indiscret de demander ?

Alex regarde son assiette et hésite un moment à répondre à cette question. Mais Alanza ne connaît pas son ex, alors qu'est-ce que ça peut bien faire ?

– Je me suis séparé de quelqu'un.

– Ah, désolée, répond Alanza, tout en se réjouissant intérieurement de la nouvelle. Mais si tu veux mon avis, tu as bien fait de quitter cette femme. Regarde toutes les belles choses que tu peux trouver sur la côte ouest ! dit-elle en posant une main sur la jambe droite de son invité et en le regardant droit dans les yeux, un grand sourire sur les lèvres.

– Euh…je ne l'ai pas quittée. C'est elle qui est partie, précise Alex.

Alanza ouvre grand les yeux et pose une main sur sa poitrine.

– Non, mais quelle idiote quitte un homme comme toi ?

Bien qu'il n'apprécie pas vraiment le commentaire, Alex se dit que ça lui ferait du bien de se lâcher un peu.

– Une idiote qui m'a trompée avec un de ses collègues de travail, et qui en est tombée amoureuse.

Alanza pose sa cuillère dans son assiette, puis secoue la tête en exagérant son air choqué.

– Incroyable ! dit-elle en se levant pour aller prendre la petite télécommande qu'elle a laissée sur le comptoir de la cuisine. Elle appuie sur quelques boutons, et une samba se met à jouer. Alanza augmente le volume et se dirige vers Alex en lui tendant une main.

– Aller, lève-toi, Alex ! dit-elle en haussant la voix et en se mettant à danser. Je vais t'apprendre à danser la samba !

Le déhanché d'Alanza étant plus que convaincant, Alex abandonne immédiatement sa Moqueca et donne sa main à

Alanza.

Frodo, tout excité, s'agite autour d'eux tout en suivant les mouvements de leurs pieds, avec l'espoir de mordre leurs chaussures.

CHAPITRE 14

– Un peu plus à gauche, indique la cliente à Colin qui essaie d'accrocher une guirlande au-dessus d'une fenêtre du Whispers Café.

Colin fait un effort et étire son bras gauche tout en tenant fermement de sa main droite l'échelle sur laquelle il est perché.

– Non, encore plus à gauche, insiste la cliente, tranquillement assise à une table près de la fenêtre, une tasse de thé et un biscotti aux amandes devant elle.

Colin fait un effort, mais l'échelle commence à bouger.

– Nancy, si je vais plus à gauche, je vais perdre mon équilibre et tomber !

– Pas grave, répond la cliente—qui a au moins trente années de plus que Colin—avec un grand sourire. Je te rattraperai.

Colin se tourne vers elle en faisant une grimace.

– Ah, c'est malin, Nancy ! Très drôle.

Kate observe la scène en souriant depuis le comptoir. Avec le mauvais temps, la clientèle n'a pas arrêté de défiler dans le café pendant la fin de semaine, et ni Colin ni Kate n'ont eu le temps d'accrocher les décorations de Noël. À trois semaines seulement de la célébration, il était temps de le faire.

Comme tous les lundis à 14 heures, les six membres du groupe de tricot arrivent les unes à la suite des autres dans le café et se dirigent vers la cheminée pour y placer devant des chaises et des fauteuils en demi-cercle.

Colin, une grosse boule rouge à la main, lance des regards furtifs en direction du groupe de femmes.

– Si tu ne fais pas plus attention, tu vas vraiment tomber cette fois-ci, l'avertit Nancy.

Colin accroche rapidement la boule à une branche de houx fixée au mur et descend de l'échelle à la hâte. Il prend son échelle et se dirige à l'autre bout du café, près de la cheminée, là où est dressé le sapin synthétique qu'il n'a pas encore décoré.

– Eh, mais ce coin n'est pas fini ! lui lance Nancy, déçue de le voir partir.

– Je reviendrai plus tard ! répond Colin.

Il prend des décorations qui se trouvent dans une large boîte en plastique et les place sur les branches du sapin, sans regarder ce qu'il fait. À moitié caché derrière le sapin, il observe entre les branches une jeune femme du groupe de tricot : Isobel.

C'est ce que fait Colin tous les lundis de 14 heures à 16 heures. Il s'arrange pour observer Isobel, d'une manière ou d'une autre. Et aujourd'hui, décorer le sapin rend son observation plus facile puisque celui-ci est idéalement placé près du groupe de tricoteuses.

Un jeune homme dans la vingtaine entre dans le café et, au lieu de se diriger vers le comptoir pour passer une commande, marche directement vers le groupe.

– Est-ce que c'est bien ici le groupe de tricot ? demande-t-il.

Les femmes lèvent les yeux sur lui, surprises.

– Nan, c'est le groupe de dominos ! lui répond abruptement Brenda, la responsable du groupe, une femme au caractère aussi fort que sa carrure.

Les tricoteuses étouffent des rires. Brenda agite ses

aiguilles.

– Ben oui, c'est l'groupe de tricot. Qu'est-ce vous voulez ?

Le jeune avale sa salive et répond timidement.

– Joindre le groupe.

Les femmes restent bouche bée. Brenda plisse ses yeux.

– Vous voulez joindre notre groupe ? Un groupe de tricot ?

– Oui, répond le jeune homme en hochant la tête.

Les femmes se regardent en silence.

– Et pourquoi pas ? dit Denise, une des membres. Après tout, les hommes peuvent bien tricoter aussi s'ils le veulent ? Bienvenu dans le groupe, jeune homme. Prends une chaise et viens t'asseoir près de nous.

Brenda fusille Denise du regard.

Ravi, le jeune homme prend rapidement une chaise et s'assoit à côté d'Isobel qui pousse sa chaise pour lui faire de la place. Le jeune homme offre un charmant sourire à la jeune fille.

– Mark, dit-il en la saluant de la tête.

– Isobel, répond sa voisine en lui renvoyant un beau sourire.

– Et est-ce qu'il a des aiguilles à tricoter et de la laine, Mark ? demande Brenda à haute voix, d'un ton sec.

– Euh, non, je… répond Mark en rougissant.

Les femmes rient.

– Je ne sais pas pourquoi, mais ça ne me surprend pas ! s'exclame Brenda en hochant la tête.

Les femmes rient de plus belle.

– Ce n'est pas grave, dit aussitôt Isobel. J'ai d'autres aiguilles avec moi, je peux lui en prêter.

Isobel sort deux aiguilles à tricoter et une pelote de laine d'un grand sac en plastique qui se trouve à ses pieds, et les tend à Mark.

– Ce mois-ci on fait des écharpes, des bonnets et des gants pour les donner à des associations, explique-t-elle.

Mark prend les deux aiguilles comme s'il saisissait des

bâtons de batterie. Denise l'observe en souriant.

– Tu vas commencer avec une écharpe, c'est ce qu'il y a de plus facile à faire, suggère Isobel. Tu dois d'abord monter tes mailles. Comme ça.

Isobel prend le bout de laine qui dépasse de la pelote et commence à monter des mailles sur une aiguille. Mark regarde les yeux d' Isobel au lieu de se concentrer sur ce qu'elle fait.

Colin, qui observe la scène avec attention, est aussi vert que les branches de son sapin derrière lequel il est toujours caché.

– Euh, Colin… dit une des tricoteuses en pointant du bout de son aiguille une branche du sapin.

Colin a enfilé cinq boules les unes à la suite des autres sur une même branche qui ploie sous le poids des décorations. Énervé, Colin enlève quelques boules et les placent rapidement sur d'autres branches.

Un autre coup de vent s'engouffre dans le café, et Brooke fait son entrée. Elle vient souvent les lundis après-midi pour se détendre et pour parler avec Kate, quand celle-ci peut prendre une pause. Dorothy Dawson aimait aussi se joindre à elle pour faire un brin de causette. La vieille dame avait pour habitude de guetter l'arrivée de Brooke par la fenêtre de sa cuisine, de l'autre côté de la rue, et débarquait au Whispers Café quelques minutes plus tard avec un sourire radieux. Ces moments précieux manquent à Brooke. Dorothy était une femme passionnante, empathique, intéressante… Pas comme son petit-fils, pense Brooke.

Elle fait un signe de la main à Kate tout en se dirigeant vers le comptoir. En commandant un Café Misto et un pain au chocolat, Brooke remarque que Colin est en train de décorer le sapin.

– Aïe, aïe, aïe, dit-elle à Kate. Est-ce que vous faites le concours du sapin le plus laid ?

Kate rigole.

– On dirait bien ! Disons que Colin a un petit problème

d'attention récurrent, tous les lundis, à cette heure-ci.

Brooke fronce les sourcils.

– Pourquoi ?

– Pour 'qui', je dirais plutôt, répond Kate en faisant un petit mouvement discret de la tête vers le groupe de tricoteuses. Le problème d'attention de Colin s'appelle Isobel, et cela fait presqu'un an qu'il l'observe sans jamais oser aller lui parler. Et quand il a la chance de la servir au comptoir, il perd tous ses moyens, rougit, devient maladroit. Je l'ai souvent encouragé à faire le premier pas, mais à chaque fois qu'il fait des tentatives, il interrompt sa mission en cours de route et revient immédiatement se cacher derrière le comptoir.

Kate fait une grimace.

– Aujourd'hui, le sapin est victime d'une situation particulière. Il semblerait que Colin ait de la concurrence.

– Oh… dit Brooke, en remarquant la présence du jeune homme à côté d' Isobel. Un jeune homme qui tricote ? C'est rare. C'est bien, non ?

Kate a un petit sourire narquois.

– Malheureusement, je pense que la passion du tricot n'est pas ce qui motive le nouveau membre du groupe.

– Mince alors… dit Brooke. De toute façon, avec Brenda, il ne va pas faire long feu dans le groupe.

– À mon avis, si ce gars se débrouille bien, il devrait abandonner son intérêt soudain pour le tricot très bientôt. Il vient de marquer un gros point. Dommage pour Colin.

– Avec tes talents de 'matcheuse', tu ne pourrais pas arranger ça pour Colin ?

– J'ai déjà essayé, mais notre Colin Firth n'étant pas doté de l'assurance de Monsieur Darcy, c'est une situation un peu désespérée.

Brooke prétend adopter un air hautain.

– Vous me décevez, Madame Parker. Jane Austen n'aurait jamais abandonné ces deux-là !

Kate rigole.

– À leur âge, tout peut changer en un coup de vent,

alors j'attends de voir ce que ça va donner. Cependant, j'ai un petit service à te demander : peux-tu aller décorer le sapin à la place de Colin et lui dire qu'il peut revenir derrière le comptoir ? J'ai bien peur que le sapin fasse fuir les clients.

Brooke rigole en faisant un clin d'œil à Kate.

– Pas de problème. Je vais t'arranger ça.

Brooke se dirige vers une table près du sapin où elle dépose son sac et son manteau, puis elle marche vers Colin avec un grand sourire.

– Bonjour Colin ! J'ai une bonne nouvelle pour toi : tu peux retourner derrière le comptoir, je vais m'occuper du sapin.

D'un air renfrogné, Colin donne à Brooke le petit ange doré qu'il tenait dans ses mains, d'un mouvement sec.

– Tant mieux, parce que ce sapin m'énerve !

Et l'employé du Whispers Café s'empresse de retourner derrière le comptoir en jetant un dernier regard de travers en direction d' Isobel et de Mark.

– Enfin ! murmure une des tricoteuses à Brooke, l'air soulagé. Ce pauvre sapin allait devenir un vrai désastre.

Brooke rigole tout en redressant le sapin qui penche d'un côté. Elle enlève les décorations placées sur certaines branches—celles derrière lesquelles Colin se cachait—pour les replacer ailleurs, en s'efforçant de créer une symétrie et une harmonie avec les ornements rouges et dorés. Un savoir-faire qu'elle a développé maintes fois en habillant la devanture de Perles & Satin à la période des fêtes. Suzie, la gérante, a en horreur cette corvée de décoration du sapin qu'elle dit « s'être tapée des milliards de fois avec ses enfants ». Quant à sa collègue Madison, celle-ci n'a jamais démontré aucun enthousiasme ni talent particulier à la tâche.

Alors qu'elle ajuste la position d'une guirlande sur l'arbre, Brooke aperçoit Alex par une des fenêtres du café, de l'autre côté de la rue. Il transporte de longues planches de bois et des gros sacs, qui semblent être des sacs de plâtre, de sa camionnette à la maison de Dorothy. Enfin, 'sa' maison. À cause du terrible froid qui règne à l'extérieur, Alex effectue rapidement plusieurs allers et retours. Puis, tout à coup, un pied d'Alex glisse sur une petite plaque de glace, il perd son équilibre, son corps valse vers l'avant, et il atterrit face la première sur le sol gelé dans un fracas de planches de bois. Tous les clients du café tournent leur tête vers la maison de l'autre côté de la rue.

Brooke ne peut s'empêcher de sourire de satisfaction en voyant Alex se casser la figure royalement. Mais Alex ne se redresse pas. Il a disparu derrière la barrière de la maison. Brooke se surprend à s'inquiéter pour lui. Est-ce qu'il va bien ? Puis elle s'empresse de chasser cette pensée ridicule en se souvenant qu'à cause d'Alex, elle n'a plus de voiture. Enfin, bon, peut-être que ce jour-là, en effet, elle n'aurait jamais dû sortir de chez elle… Et il est vrai que sa voiture était vieille… Très vieille. Elle savait bien que le véhicule pouvait rendre l'âme à n'importe quel moment. Mais tout de même.

Alex ne se redresse toujours pas. Brooke se dirige vers une fenêtre du café pour voir de plus près. Après quelques secondes, Alex se relève finalement, lentement, tourné vers le café. Et il aperçoit Brooke le regarder. Il fronce les sourcils. Elle se retourne immédiatement et court se cacher derrière le sapin.

Brenda interrompt son tricotage et tourne la tête vers le sapin, d'un air agacé.

– Mais c'est quoi cette manie de se cacher derrière le sapin, aujourd'hui ?

CHAPITRE 15

– Comment ça, ça ne marche pas ? Bien sûr que ça ne marche pas ! C'est pour ça que je vous ai appelé ! Est-ce que vous êtes en train de me dire que le système de sécurité le plus cher n'est pas réparable ?

Le pauvre employé de la compagnie Camtech se gratte le front. Cela fait une heure qu'il essaie d'expliquer à sa cliente que les conditions météorologiques exceptionnelles ont gelé une partie du circuit qui est complexe, et que des fibres sont peut-être endommagées.

– Madame, justement, c'est un système de sécurité élaboré, donc cela prend du temps à réparer. De plus, il faut que j'identifie où se trouve le problème, et le système de sécurité s'étend sur toute la maison, qui est très grande. Et avec la période des fêtes, si—

– Ah, mais ça suffit avec vos excuses ! crie Alanza. Je paie une fortune pour ce système de sécurité, alors vous me réparez ça immédiatement !

Alanza se dirige vers la cuisine en faisant claquer ses talons, suivie de près par Frodo qui essaie de les mordre, et laisse l'employé dans l'entrée de la maison devant le panneau ouvert du système d'alarme.

Le pauvre homme est en sueur. Il sait qu'il ne pourra

pas effectuer les réparations avant quelques jours, car il doit commander une pièce qui doit être remplacée, mais il ne sait pas s'il va pouvoir ressortir vivant de cette maison. Il est tenté de partir en douce, sans qu'Alanza le voit, mais il perdrait son travail. Il réalise qu'il a le choix entre perdre son travail ou perdre sa vie. Alors il remet ses outils dans sa mallette rapidement et ouvre doucement la porte.

– Je vais commander une pièce et je reviendrai aussitôt que je l'aurais reçue pour réparer le système, Madame Issakova. Fermez bien toutes les portes et les fenêtres avant de vous absenter !

Et l'employé file dehors.

Alanza court vers la porte d'entrée, toujours suivie par Frodo qui aboie.

– Non, mais ça, alors ! Vous pouvez dire au revoir à votre travail ! hurle-t-elle en ouvrant la porte.

La camionnette Camtech quitte en trombe l'entrée de garage de la maison. L'employé se réjouit qu'au moins, chez les riches, les allées sont parfaitement déblayées.

CHAPITRE 16

Brooke est fière de son sapin qu'elle vient de passer deux heures à décorer en sirotant un verre de vin rouge, accompagnée de chansons de Noël en musique de fond.

Chaque année, elle achète un vrai sapin au marché de Noël. Pas plus grand qu'elle, mais touffu. Elle le place dans son salon, toujours au même endroit, entre la fenêtre et le vieux fauteuil en cuir. Heureusement que Monsieur Ainsley l'a aidée, parce qu'avec l'état des trottoirs dehors, ramener le sapin seule dans l'appartement aurait été dangereux.

Brooke se laisse tomber sur le canapé en fredonnant les paroles de Jingle Bells. Rouge, bleu, vert, blanc, rouge, bleu, vert, blanc… Elle est hypnotisée par la séquence des lumières des guirlandes électriques. Des souvenirs de Noëls passés lui reviennent en tête. Elle sourit en pensant qu'il lui manque quelque chose pour rendre cet instant parfaitement 'Noëlesque' : un bon bol de chocolat chaud. Alors elle se lève et se dirige vers la cuisine.

Limbo ne perd pas une minute. Il se faufile dans le salon et se plante devant le sapin en évaluant rapidement la situation. Le dos rond, et les quatre pattes bien positionnées prêtes à s'étirer, le chat fixe l'étoile dorée posée sur la pointe du sapin. Puis il s'élance de toutes ses forces, effectue un superbe vol plané, et atterrit dans l'arbre qui perd son équilibre et s'écroule dans un fracas de verre brisé.

Brooke reste figée pendant quelques secondes devant la bouilloire de la cuisine, un bol vide dans sa main droite. Et merde ! Elle a oublié de fermer la porte du salon !

Elle se rue vers le salon en criant « Limboooo ! Combien de fois je t'ai dit : PAS le sapin ! »

CHAPITRE 17

Pendant que Limbo reste prudemment caché dans un recoin de l'appartement, se sentant à moitié honteux et à moitié satisfait de son exploit, Brooke décide d'aller au magasin de bricolage pour acheter de nouvelles décorations pour le sapin. C'est une marche de quarante minutes au moins, aller et retour, mais Brooke est tellement énervée que prendre l'air lui fera du bien.

Il fait déjà nuit dehors, mais les grandes décorations illuminées de Noël mises en scène devant les maisons éclairent les trottoirs de manière féerique. Pour une fois, Savannah Bay pendant la période des fêtes ressemble vraiment à une ville qui s'apprête à célébrer Noël.

Pendant le trajet, le vent glacé et cinglant pique le visage de Brooke. Elle accélère son pas. Soulagée, elle arrive enfin au magasin de bricolage avec des joues en feu et un nez rouge. Apparemment, il y a un prix à payer pour vivre un Noël blanc !

Elle tape ses bottes énergiquement sur le grand paillasson noir placé devant l'entrée du magasin. Le tapis est recouvert de 'slosh', comme l'appellent les gens au Canada, une sorte de purée de neige plus grise que blanche.

Malgré le mauvais temps dehors, le magasin est plein à craquer de clients qui courent dans tous les sens. Le magasin fermera dans une demi-heure, donc Brooke ne perd pas une minute et se dirige rapidement vers le rayon des décorations de Noël qui sont classées par couleur.

Elle a l'embarras du choix et hésite. Devrait-elle opter pour des ornements vert et rouge ? Ou bleu et blanc ? Ou un mélange d'argent et de doré, peut-être ? En tout cas, elle sait une chose : les décorations doivent être en plastique, fini le verre. Elle sait bien que la tentation sera trop grande pour Limbo et que le sapin sera victime de nouvelles attaques. Existe-t-il des mini-sapins pour les chats ? se demande-t-elle en réalisant rapidement que l'idée est stupide. Limbo saute sur n'importe quel sapin, petit ou grand.

Brooke se décide enfin, attrape une grande boîte qui contient 64 pièces de décorations dorées et argentées, et marche en direction des caisses. Mais elle ralentit en passant devant le rayon de peinture. Son attention est détournée par la présence d'Alex Brent. Brooke ne sait pas bien pourquoi, mais elle fait une chose étrange. Elle passe rapidement derrière Alex, qui ne l'a pas vue, et s'arrête à quelques mètres de lui dans le rayon de peinture, pour l'observer, en faisant semblant de regarder quelque chose sur une étagère. Elle cache la moitié de son visage derrière la grosse boîte de décorations. Ça l'énerve, mais elle ne peut s'empêcher de trouver cet idiot beau et attirant.

Alex tient dans ses mains deux cartons d'échantillon de couleur, un vert amande, l'autre saumon. Un employé du magasin se tient devant lui, attendant patiemment qu'Alex fasse son choix pour préparer les gallons de peinture. Puis Alex tend le carton de couleur saumon à l'employé en lui disant « Celle-ci. »

– Non ! crie Brooke qui se fige immédiatement sur place, et pose une main sur sa bouche. Mais quelle idiote ! Qu'est-ce qui lui a pris ?

Alex se retourne et fronce les sourcils en la voyant.

– Encore vous ? Mais vous êtes partout ! Qu'est-ce que vous allez faire maintenant, partir vous cacher en courant ?

Alex se retourne vers le vendeur.

Brooke secoue la tête.

– Votre grand-mère détestait la couleur saumon, dit-elle à haute voix.

Le pauvre vendeur soupire en regardant le plafond du magasin. Son client venait enfin de choisir sa couleur !

Alex se retourne doucement vers Brooke, visiblement irrité.

– Et qu'est-ce que vous savez de ma grand-mère ? lui demande-t-il.

– Je sais quelques choses sur elle, répond Brooke. Entre autres, qu'elle détestait la couleur saumon. Et quand je dis 'détestait', je pèse mes mots. Elle appelait cette couleur 'vomi de mamie'. Je ne crois pas qu'elle serait très heureuse de voir les murs de sa maison repeint en 'vomi de mamie.'

Alex est sidéré. Est-ce que cette fille est folle ?

– 'Vomi de mamie' ? J'ai du mal à imaginer ces mots sortir de la bouche de ma grand-mère !

Puis il remarque quelque chose et pointe un doigt accusateur vers Brooke.

– Est-ce que c'est le manteau de ma grand-mère que vous portez ? Un des manteaux qui se trouvaient dans les cartons que j'ai apportés l'autre jour à l'Armée du Salut ?

Brooke regarde rapidement son manteau et relève la tête.

– Oui, mais je l'ai payé. Je ne l'ai pas volé, si c'est ce que vous pensez.

– Et pourquoi avez-vous acheté un des manteaux de ma grand-mère ? demande Alex, irrité. Pour me provoquer ?

– Monsieur, pour la peinture, on fait qu—

Le vendeur est aussitôt interrompu par la paume de main qu'Alex lui présente. Le pauvre homme soupire.

– Une minute, dit Alex, c'est important. Alors ? demande-t-il à Brooke.

Brooke marche doucement en direction d'Alex. De toute façon, elle ne peut plus courir et aller se cacher maintenant.

– Tout d'abord, j'ai le droit d'acheter un manteau si je veux. Ensuite, Dorothy était mon amie. Elle était toujours très élégante, et je la complimentais souvent sur ses tenues. Quand j'ai vu ses vêtements dans les cartons que vous avez apportés l'autre jour, ça m'a fait un choc. J'étais émue. Alors j'ai décidé d'acheter ce manteau parce qu'il me plaît, et parce que je voulais avoir un souvenir d'elle. Mais je n'ai pas volé le manteau. Je l'ai acheté.

Alex reste silencieux pendant quelques secondes. Une voix au microphone annonce que le magasin va fermer dans quinze minutes.

– Monsieur ? demande le vendeur anxieux, à Alex. Mais Alex ne fait pas attention à lui.

– Vous ? Vous étiez une amie de ma grand-mère ? demande-t-il à Brooke, l'air dubitatif.

– Absolument, répond Brooke. Et pourquoi pas ?

Alex essaie d'imaginer cette fille et sa grand-mère ensemble, mais il ne comprend pas bien ce que les deux femmes pouvaient avoir en commun.

– Et que faisiez-vous ensemble ? De quoi parliez-vous ?

Brooke hausse les épaules.

– De tout et de rien. On parlait souvent ensemble quand elle venait au café. Parfois, elle m'invitait chez elle. Votre grand-mère était une femme passionnante et formidable qui s'intéressait aux gens autour d'elle.

Pas comme vous, a envie de rajouter Brooke.

– Au fait, je ne sais toujours pas votre nom, lui dit Alex. Comment vous vous appelez ? demande-t-il d'un ton abrupt.

Décidément, la délicatesse n'est pas son fort, se dit Brooke.

– Brooke. Brooke Farley.

Alex fronce les sourcils. Brooke ? Est-ce la Brooke

évoquée par sa grand-mère dans le cahier qu'il a retrouvé dans le tiroir de la coiffeuse ?

– Hmm… dit Alex, songeur. Pas saumon, alors ?

Brooke hoche la tête.

– Non. Mais vert amande, pas de problème. La preuve.

Brooke désigne les motifs vert amande sur le manteau qu'elle porte.

Alex se tourne vers le vendeur.

– Deux gallons de ce vert amande, s'il-vous-plaît, lui dit-il en lui tendant le carton de couleur. Le vendeur, content et soulagé d'avoir enfin une réponse, s'empresse de préparer les gallons de peinture avant que son client ne change d'avis.

Alex se retourne.

– Merci, Brooke.

Mais Brooke n'est plus là. Alex regarde autour de lui, il ne la voit pas.

– Brooke ?

CHAPITRE 18

The Green Goodfellows, le pub le plus ancien de Savannah Bay, situé sur la rue principale du centre-ville, est bruyant et bondé. C'est la semaine des soirées de Noël organisées par les comités de travail, la semaine la plus occupée et arrosée de l'année. Et comme les employés du pub aiment à le dire en plaisantant, lors de ces soirées, il n'y a pas que le manteau du faux Père Noël, engagé pour divertir les clients, qui est rouge !

Brooke et Kate font partie des festivités, comme chaque année. Elles sont assises à une table dans une cabine située au fond du pub, et dévorent le repas de Noël traditionnel Irlandais préparé par le chef. Dinde farcie, jambon aux clous de girofle, pommes de terre, choux de Bruxelles et carottes au beurre. Heureusement qu'elles ont déjeuné léger !

Les amies ont aussi arrosé leur repas de verres de vin rouge et de bière. Un peu trop… Brooke commence à chanter (faux) des chansons de Noël et Kate est obsédée par les décorations sur les murs qu'elle n'arrête pas de décrire.

– Non, mais ! Saumon-movi-de-mamie… Non, attends…momi de vamie ? Nan ! Ah ! La couleur affreuse, là ! dit Brooke en parlant fort. Il allait acheter le saumon ! Ce type est un idiot. Sexy, mais idiot.

– Ahaaaah ! dit Kate d'un air triomphant, tout en valsant sur sa banquette. Je le savais ! Tu l'aimes bien, le Alex.

Brooke hoche sa tête vigoureusement.

– Nan, nan, nan ! J'aime pas ce type. C'est pas parce qu'il est sexy que je l'aime bien ! Il est juste sexy.

– 'Juste sexy' ? répète Kate. Ça existe pas 'Juste sexy'. Il est sexy ou il est pas sexy. Et si tu le trouves sexy, ça veut dire que tu es attirée par lui. Donc, tu l'aimes bien.

Kate plisse ses yeux et pointe un doigt accusateur vers son amie, comme si elle attendait des aveux.

Brooke réfléchit à ce que vient de dire Kate, mais sa réflexion, qui semble être laborieuse, est interrompue par le faux Père Noël qui s'arrête à leur table en agitant une petite clochette qu'il tient dans une main.

– Ho ! Ho ! Ho ! Belles dames ! Savez-vous comment on appelle un chat tombé dans un pot de peinture le jour de Noël ?

– Hein ? dit Brooke, regardant le Père Noël en clignant des yeux.

Kate regarde le morceau de dinde dans son assiette, comme si elle allait y trouver la réponse.

Le Père Noël, déçu, comprend qu'il ne tirera rien de ces deux clientes.

– Un chat peint ! dit-il avec un grand sourire forcé, attendant une réaction amusée des deux femmes.

Mais rien ne vient. Même pas un sourire. Brooke et Kate regardent le Père Noël dans un silence embarrassant.

– Un chat peint ! répète le Père Noël. Chat-peint ! Sapin ?

– Elle est nulle, cette blague, balance Brooke au pauvre Père Noël.

– J'ai pas compris, dit Kate en regardant Brooke.

– Pas grave. C'est encore une mauvaise histoire de peinture.

Kate fronce les sourcils.

Découragé, le Père Noël part à la recherche d'une autre table en espérant que ses blagues seront accueillies par de meilleures oreilles.

– Non, mais je rêve ! s'exclame Brooke en tapant du pied le mollet de Kate, sous la table.

– Aïe ! Tu m'fais mal ! Qu'est-ce qui te prend ? proteste Kate.

Brooke fait des gros yeux en balayant sa tête vers la porte d'entrée du pub.

– Hein ? dit Kate, qui ne comprend rien. Elle se retourne.

– Te retourne pas ! crie Brooke, pensant qu'elle murmure.

– Ah, je le savais ! dit Kate d'un air renfrogné. La bouffeuse d'hommes a mis le grappin dessus !

Alex et Alanza viennent d'entrer dans le pub et suivent une serveuse qui se dirige vers une cabine proche de celle occupée par Brooke et Kate. Comme des gamines, elles s'enfoncent immédiatement dans leur banquette, par peur d'être vues.

– Porter une robe rouge moulante pendant les fêtes, que c'est original ! balance Brooke d'un ton amer.

– Chuuuut ! dit Kate en posant un doigt sur sa bouche. Ils peuvent nous entendre.

– Je m'en fous ! répond Brooke qui penche sa tête sur le côté, vers l'allée, pour essayer de voir ce que font Alex et Alanza.

Kate se retourne et se met à genoux sur la banquette, puis elle se redresse lentement pour regarder par-dessus le dossier. La moitié de sa tête dépasse en haut du muret de la cabine.

– Tu vois quelque chose ? demande Brooke.

– Oui. Il y a plein de gens dans le pub, répond Kate en pouffant de rire.

– Nan, mais sérieusement, tu vois quelque chose ?

– Non.

Brooke se penche encore plus sur le côté et manque de tomber, mais se rattrape à temps. Elle voit Alanza suspendre son manteau sur le petit crochet fixé sur le côté de sa cabine. Un trousseau de clés tombe d'une des poches de son manteau, mais Alanza ne s'en aperçoit pas. Elle s'assoit sur la banquette, en face d'Alex.

Alors, dans un autre de ses élans mystérieux, Brooke s'élance sur le trousseau de clés en faisant un vol plané, tel Limbo se jetant sur un sapin de Noël, et va se rasseoir rapidement avec le trousseau de clés dans les mains. Ni vue, ni connue.

Kate, affolée, roule des gros yeux.

– Non, mais qu'est-ce que tu fais ? T'es malade ?

Brooke montre triomphalement le trousseau de clés qui pend au bout de ses doigts, un sourire en banane sur les lèvres.

– Pas malade du tout ! Ça te dirait d'aller faire un p'tit tour ?

Kate fronce les sourcils, et après quelques secondes, elle finit par comprendre. Elle hoche la tête vigoureusement.

– Naaaaan ! Nan, nan, nan ! On peut pas faire ça !

– Oh, mais si, si, si ! Moi, je veux le voir ce grand placard fourré de chaussures, de lingerie et de fringues.

Kate échappe un rire.

– Tu sais même pas où elle habite !

Le sourire de Brooke redouble.

– Ah ! Ah ! Qu'est-ce que tu crois ? Cette dinde vient pratiquement tous les week-ends chez Perles & Satin pour s'acheter de la lingerie. Tu peux être sûre qu'elle a une carte de fidélité et qu'on a ses coordonnées ! Je la connais même par cœur, son adresse.

Kate réfléchit pendant quelques secondes puis elle hoche la tête.

– Naaaan ! On peut pas faire ça !

CHAPITRE 19

Le chauffeur de taxi est soulagé de débarquer enfin ses clientes devant cette immense maison du quartier chic de Savannah Bay. Les deux femmes saoules assises sur la banquette arrière du véhicule n'ont pas arrêté de lui casser les oreilles en gueulant des chants de Noël avec des voix de crécelle, et lui ont raconté une centaine de fois la même blague de sapin et de peinture à laquelle il n'a rien compris. Au moins, elles lui laissent un pourboire généreux. Une compensation pour la demi-heure de trajet pénible qu'il vient de subir…

Brooke et Kate sont postées sur le trottoir, devant la maison d'Alanza.

– Ben dis-donc, elle se fait pas chier, la Alanza ! dit Brooke. Qui a besoin d'une aussi grande maison ?

– Je sais pas si c'est une bonne idée, dit Kate, l'air anxieux.

Brooke pointe un doigt vers le ciel.

– Ah, nan ! T'es mon amie, tu viens avec moi. Ça va être la meilleure soirée de toute l'année. En plus, on sait où elle est, l'autre. Elle va pas débarquer tout de suite. On ramènera les clés plus tard au pub en disant qu'on les a trouvées par terre. Aller, viens !

Brooke grimpe rapidement les marches qui mènent au perron de la maison, trébuche, se relève, et arrive en haut en se sentant triomphante.

– Dépêche-toi ! Faut pas que quelqu'un nous voie ! crie-t-elle à Kate alors qu'elle se tient à côté d'un des spots lumineux devant la maison.

– Pourquoi on dirait qu'il fait jour ici ? demande Kate. Il y a trop de lumière ! C'est quoi tous ces spots partout ?

Kate regarde autour d'elle en couvrant ses yeux avec ses mains.

– Je suis éblouie, Brooke ! J'peux plus voir !

Brooke redescend quelques marches et prend la main de Kate. Elles arrivent enfin devant la porte d'entrée. Brooke cherche le trousseau de clés dans son sac à main. Elle cherche, cherche encore.

– C'est long ! se plaint Kate. Et si c'était pas les bonnes clés ?

– Ah, voilà ! dit Kate.

Elle met une des clés du trousseau dans la serrure de la porte et essaie de la faire tourner, mais ça ne fonctionne pas.

– C'est pas celle-là… dit Brooke

Elle change de clé.

– J'ai envie d'faire pipi, dit Kate en faisant une grimace. La bière, ça m'donne toujours envie de faire pipi.

– Retiens-toi une minute, dit Brooke qui essaie une troisième clé.

La serrure se débloque enfin. Brooke ouvre la porte et entre dans la maison, suivie de Kate qui la referme aussitôt. Elles remarquent immédiatement la grosse boîte du système de sécurité dans l'entrée, à côté de la porte.

– Ah, merde ! 'Y a une alarme ! dit Kate. On avait pas pensé à ça ! dit-elle à voix basse et en sautillant parce que son envie presse. Tu vas voir que l'alarme va se déclencher dans quelques secondes et on va s'faire arrêter par les flics !

– Arrête de bouger ! dit Brooke.

– J'peux pas, j'ai trop envie ! répond Kate, avec un air

malheureux, les mains entre ses jambes.

– J'entends rien, pas d'alarme, dit Brooke. Ça marche pas.

– Peut-être que c'est une alarme silencieuse ? demande Kate, très sérieuse.

– Non. C'est tout écrit en vert sur l'écran, là.

Brooke et Kate se rapprochent de la boîte du système de sécurité pour lire le message sur l'écran digital.

– 'Désarmé'. C'est écrit 'Désarmé'. C'est bon, ça, 'désarmé' ?

Brooke se retourne vers Kate…qui n'est plus là. Son amie est en train de parcourir le long couloir sombre, s'agitant comme une sauterelle, à la recherche des toilettes. Kate ouvre toutes les portes qu'elle trouve sur son passage en criant « Pipi ! Pipi ! » Elle trouve enfin un cabinet de toilettes. « Ah ! Sauvée ! » s'écrie-t-elle, victorieuse.

Pendant que Kate se soulage, Brooke marche vers le grand espace ouvert de la maison qui communique avec la cuisine. Les spots lumineux placés dehors éclairent suffisamment la pièce, laissant passer la lumière par les grandes baies vitrées. Brooke se tient au milieu de la pièce et regarde autour d'elle, puis elle se dirige avec curiosité vers la longue table à la drôle de forme.

Kate la rejoint.

– Merde alors ! Elle doit coûter une fortune, cette baraque ! dit Kate.

– C'est quoi ce truc ? demande Brooke en pointant la table du doigt.

Kate s'approche de la table et la regarde d'un air intrigué.

Soudain, elles entendent un grognement. Brooke et Kate se retournent lentement. Elles ne voient rien. Le grognement continue. Elles baissent la tête.

Frodo est posté devant elles, ses gros yeux bien ouverts, les babines retroussées dévoilant ses canines menaçantes.

– C'est quoi ? murmure Brooke.

– Ça doit être le système d'alarme, répond Kate en pouffant de rire.

Le chien aboie et continue à grogner en se rapprochant de Brooke et de Kate. Brooke cherche frénétiquement quelque chose dans son sac à main et en sort une barre de chocolat. Elle enlève le papier rapidement et jette le chocolat par terre. Le chien se jette dessus et commence à le manger.

– Désarmé ! dit Brooke, toute fière, en se dirigeant vers la cuisine. Elle ouvre les placards et les tiroirs.

– Qu'est-ce que tu cherches ? demande Kate.

– Je veux voir ce que cette connasse bouffe pour garder la ligne.

Kate se joint à Brooke et ouvre le réfrigérateur pour l'inspecter.

– Gratin de pommes de terre… Dinde pannée… Confiture… énumère Kate.

– Biscuits aux pépites de chocolat… Brioche… Miel… poursuit Brooke en regardant dans un placard.

– Tagliatelles… Jambon… continue Kate qui est à moitié entrée dans le grand réfrigérateur.

– 'Y a pas un seul truc vert dans cette cuisine ! proteste Brooke en fermant une porte de placard. Même pas une feuille de laitue ou une pointe de haricot ! Elle mange que des carbs et du gras, cette pétasse !

Kate ouvre le congélateur.

– Crème glacée à la fraise et au chocolat…

– Ça suffit ! dit Brooke, énervée. Je veux voir ce placard.

– Quel placard ? demande Kate en fermant le congélateur

– Celui qu'on cherche ! C'est pour ça qu'on est venues ici ! Les vêtements, les chaussures et tout l'bazar ! répond Brooke en se dirigeant vers un escalier. Kate la suit. Frodo reste dans la pièce, toujours occupé avec son bout de chocolat coincé entre les dents.

Quatre couloirs partent du vestibule au premier étage

de la maison. Kate et Brooke ont l'embarras du choix.

– Pfiou ! Si j'avais su que ce serait une expédition... dit Kate. Je suis fatiguée.

– On trouve le placard, et on s'en va. Je veux voir ce placard ! dit Brooke qui s'engage dans un des couloirs. Kate la suit.

Elles passent devant une pièce dont la porte est ouverte. C'est un petit salon avec un piano à queue placé le long d'une fenêtre. Brooke s'arrête devant la porte.

– Me dis pas qu'en plus, elle joue du piano !

– Avec sa chance, elle doit même être une virtuose, ajoute Kate en ouvrant une porte de l'autre côté du couloir. Oh, mon dieu ! C'est mon rêve ! s'écrie-t-elle.

Kate entre dans une grande salle de bain au carrelage rose et vert, et se dirige vers le long comptoir qui longe un des murs de la pièce. Celui-ci a deux lavabos dont les extrémités des robinets ont la forme de têtes de cygne, leurs longs becs ouverts pour laisser passer l'eau. Kate les regarde de plus près, fascinée. Comme une enfant, elle s'amuse à ouvrir et fermer les robinets pour regarder l'eau s'écouler.

Brooke rejoint Kate dans la salle de bain et se met à siffler, impressionnée par la grande cabine de douche intégrale à doubles portes coulissantes. Elle ouvre une des portes et passe sa tête à l'intérieur. Un banc de marbre est fixé sur un des murs, juste en dessous du large pommeau de douche de forme rectangulaire. Le mur carrelé est couvert de robinets et de boutons complexes.

– Dis-donc, ça doit être compliqué d'prendre une douche, ici ! s'exclame-t-elle.

Puis elle se désintéresse de la douche lorsqu'elle aperçoit une chaise boudoir couverte de velours rose, dominant un coin de la salle de bain, et un large bain bouillonnant monopolisant un des coins de la pièce.

– C'est pas une salle de bain ! s'écrie Brooke en s'allongeant sur la chaise boudoir. C'est un SPA !

Kate est entrée dans la douche et joue avec les portes

coulissantes, pendant que Brooke enjambe le bain bouillonnant.

– Je suis très, très tentée d'ouvrir les robinets de ce bain bouillonnant, dit Brooke.

– Enlève tes vêtements d'abord, dit Kate en rigolant, puis soudain, elle fait une grimace et met une main sur sa poitrine. Oh, j'ai mal au cœur…

– OK, OK, direction le fameux placard, dit Brooke en s'extirpant avec difficulté du bain bouillonnant.

Elles quittent la salle de bain et poursuivent leur chemin dans le couloir. Brooke ouvre une porte, cherche de la main l'interrupteur sur un des murs pour allumer la lumière. Et lorsque la pièce est enfin éclairée, Brooke reste figée, comme en extase. Ça y est ! Elle l'a trouvé, ce fameux placard ! Ou plutôt, la double pièce qui sert de dressing à Alanza.

Les amies entrent dans le dressing et tournent sur elles-mêmes, lentement, pour regarder avec fascination tout ce qui se trouve autour d'elles.

– Merde, alors ! dit Kate. Non, mais est-ce que c'est possible ? Il y a des gens qui ont des pièces entières qui leur servent de placard ?

– Une double pièce ! rectifie Brooke. C'est plus grand que le magasin où je travaille !

Brooke lève les yeux vers le plafond.

– Et avec un méga lustre, en plus ! s'écrie-t-elle.

– Rôôôôôôô ! Je parie que c'est du cristal, dit Kate en admirant l'énorme lustre en forme de cœur.

La double-pièce est recouverte d'étagères murales sur lesquelles des vêtements sont parfaitement pliés et rangés par couleur. Des chaussures sont alignées en bas des étagères, et des sacs sont posés tout en haut, aussi organisés par couleur, et par taille.

Des robes, des jupes et des pantalons sont suspendus sur des tringles à vêtements, et au centre d'une des deux pièces se trouve un grand présentoir carré avec des tiroirs : le présentoir à lingerie.

Pendant que Brooke marche vers le présentoir à lingerie, Kate prend un cintre sur lequel est accrochée une longue robe de soirée en tissu laminé doré, puis elle se dirige vers le miroir sur pied placé près d'une grande fenêtre. Elle tient la robe devant elle en se regardant dans le miroir.

Brooke fouille dans le présentoir et aperçoit le corset rouge qu'elle a vendu à Alanza quelques jours plus tôt. Elle prend le corset du bout des doigts.

– J'ai besoin d'une paire de ciseaux ! dit Brooke, toute excitée.

Kate se retourne.

– Hein ? Pourquoi ? demande-t-elle.

Quand Kate comprend l'idée que Brooke a en tête, elle raccroche immédiatement la robe de soirée sur sa tringle.

– Non, mais t'es malade ou quoi ? Non, certainement pas !

Kate est prise de vertige et s'assoit sur l'ottoman en cuir qui trône au centre de la pièce.

– De toute façon, il est temps de partir. J'me sens vraiment pas bien, dit-elle en mettant la main sur son cœur.

Frodo arrive dans le dressing, tout essoufflé. Ses babines sont souillées de chocolat. Il regarde Brooke et Kate, en attente d'une nouvelle friandise.

Brooke sourit d'un air malicieux en voyant le chien.

– Oups ! dit-elle en laissant tomber le corset rouge à terre. Qu'est-ce que j'peux être maladroite !

Le chien se jette sur le corset et commence à en mâchouiller le cuir nerveusement, tout en grognant, comme s'il se battait avec.

Soudain, Kate se lève et court à toute vitesse vers la salle de bain de ses rêves où elle dépose généreusement du 'vomi-de-mamie' dans la cuvette des toilettes.

Fin de l'expédition.

CHAPITRE 20

Ceux qui vivent dans les pays où l'hiver est roi savent une chose importante : après une tempête de neige, on déblaie la neige sans attendre. Et si la neige arrête de tomber pour reprendre plus tard, il faut encore sortir pour la pelleter. Même si vous ne savez plus où mettre cette satanée neige, même si vous n'en pouvez plus parce que vous n'auriez jamais imaginé que tous ces merveilleux petits flocons pouvaient être si lourds. Vous découvrez que pelleter la neige est une activité physique en soi, un sport national des pays du froid.

Alors, que se passe-t-il si la température chute considérablement dans les jours qui suivent une grosse tempête de neige, et que vous avez 'oublié' de déblayer le trottoir, l'allée qui mène à votre maison, votre entrée de garage, ou la chaussée ? Eh bien, vous regrettez d'être resté confortablement assis sur votre canapé en regardant une série sur Netflix, une tasse de café chaud dans les mains, tout en souriant de voir tomber par la fenêtre ces jolis flocons qui rendent l'hiver magique. Non. Vous vous maudissez, et vous maudissez ces flocons parce que, maintenant, vous habitez à Holiday on Ice. Mais il y a un gros problème : vous n'avez jamais pris de cours de patinage artistique. Et vous n'êtes pas un Inuit non plus, vous ne savez pas comment découper des blocs de glace.

Pendant les journées froides qui suivent une tempête de neige, le vent glisse sur les surfaces enneigées qui se durcissent et se lissent. Alors, vous vous sentez trahi par la neige. Comment une chose si merveilleuse et féerique peut-elle prendre une forme si ingrate, devenir si dangereuse ? Et si vous avez laissé quarante centimètres de neige s'accumuler devant la porte de votre garage, résignez-vous à devenir piéton pour quelques jours jusqu'à ce que la glace fonde. Un conseil : n'essayez pas de sortir votre voiture en pensant qu'en allant doucement, ça devrait aller. Vous vous détesterez plus encore.

Cependant, il y a un côté amusant à tout cela : les enfants peuvent effectuer des glissades, et se moquer des gens qui tombent dans la rue.

À deux semaines de Noël, les habitants de Savannah Bay ont déclaré la guerre à cette banquise qu'ils frappent violemment à coups de pelle, sans grand résultat. Certains ont l'idée brillante—pensent-ils—de verser de l'eau chaude sur la glace, mais réalisent très vite qu'il leur faudra des heures pour faire fondre leur nouvelle ennemie.

Ceux qui ont réussi à sortir leur voiture roulent à vitesse d'escargot pour éviter un accident, mais quand les pneus patinent sur la glace, il n'y a rien à faire. Finalement, cette voiture, ils auraient dû la laisser au garage…

Brooke est postée devant la fenêtre de sa cuisine, une tasse de café noir dans les mains qu'elle boit rapidement pour aider à faire passer sa gueule de bois. Elle observe le désarroi des habitants de son quartier face à la situation extérieure incontrôlable.

Elle ne peut s'empêcher de rire quand elle voit les gens glisser—ce qui amplifie son maudit mal de crâne—mais se sent aussitôt coupable en pensant que cela pourrait bien lui arriver aussi. Elle doit se rendre au travail, mais appréhende de devoir sortir dehors pour aller prendre le bus. Si elle le rate, le prochain ne passera pas avant une heure. C'est l'horaire provisoire mis en place par la Ville.

Elle pourrait aussi rester au chaud dans son lit, bien tranquillement, et dormir jusqu'à ce que ces maux de tête passent, mais elle pense à Suzie qui l'attend au magasin. Elle ne peut pas l'abandonner, c'est la période des fêtes. Et qui sait si Madison La Fainéante va se présenter au travail ou non ?

Brooke prend son courage à deux mains, enfile son manteau, fait trois tours d'écharpe autour de son cou, met ses grosses mitaines qu'elle a achetées à l'Armée du Salut, et enfonce un bonnet de laine sur sa tête. Limbo la regarde d'un air douteux.

– Je sais, c'est pas sexy, mais j'aimerais bien t'y voir, toi, dehors, dit-elle au chat en mettant son sac en bandoulière.

Elle pose la main sur la porte d'entrée et se tourne vers le chat.

– Souhaite-moi bonne chance. Si je ne reviens pas, les voisins s'occuperont de toi. Il y a des tonnes de boîtes de conserve de thon dans le placard. Tu leur montreras. Adieu, Limbo ! dit-elle sur un ton dramatique.

Brooke prend une grande inspiration, ouvre la porte, et sort.

*

Une chute arrive toujours vite. Brooke n'a pas eu le temps de penser. Elle a posé la pointe de sa bottine droite sur le trottoir gelé, alors que son pied gauche était encore sur la dernière marche du bus. Sa jambe droite a glissé et Brooke est partie en avant sur le trottoir en faisant un grand écart, sa jambe gauche restée coincée en arrière, sur la marche.

La main droite de Brooke est restée bien agrippée à la poignée de la porte du bus, et sa main gauche a essayé de se rattraper à quelque chose, mais tout autour, c'était le vide. Les passagers se sont mis à crier ; le chauffeur du bus a éteint le moteur de son véhicule et a quitté son siège pour se précipiter vers Brooke.

Le chauffeur et un passager aident maintenant Brooke à se relever. Elle pleure en gémissant de douleur. Le côté droit de son visage, qui a heurté le sol dur et glacé, est égratigné ; son jean a un gros trou au niveau du genou gauche qui saigne ; et le talon de sa bottine droite est cassé. Quelle idée, aussi, de mettre des bottines à talons par un temps pareil ! se reproche-t-elle.

Le chauffeur veut appeler une ambulance, mais Brooke refuse. Elle a mal, mais ça ira, elle doit aller travailler. Une passagère qui descend au même arrêt qu'elle et qui doit se rendre au centre commercial offre de l'accompagner. Brooke accepte. Elle pourra toujours se rendre au service de sécurité du centre pour recevoir quelques soins. Elle a mal à la jambe gauche et marche en boitant à cause de sa bottine droite sans talon. D'ailleurs, où est son talon ? Brooke regarde autour d'elle, mais elle ne voit rien. Elle abandonne. De toute façon, la botte est foutue, et il fait trop froid dehors.

Une fois arrivées au centre commercial, Brooke remercie la passagère qui insiste pour aller avec elle jusqu'au centre de sécurité, mais Brooke refuse et lui assure que tout ira bien. Elle aide Brooke à s'assoir sur un des bancs au pied du sapin bleu géant, à côté des fausses boîtes de cadeaux, et s'éloigne en lui souhaitant une bonne journée.

À quinze jours de Noël, le centre commercial de Savannah Bay est plein à craquer, et il est seulement midi. Brooke est en retard pour le travail, mais Suzie comprendra. Elle prend le miroir de poche dans son sac à main et se regarde tout en épongeant les larmes sur son visage. Son mascara noir a coulé, lui faisant deux gros yeux de raton laveur.

Et tout en se nettoyant, Brooke aperçoit Alanza dans son miroir. L'agente immobilière se tient près du sapin, à quelques mètres derrière elle, et est en présence d'un homme. Mais ce n'est pas Alex. Alanza se penche vers l'homme pour lui murmurer quelque chose à l'oreille. Puis ils se mettent à rigoler et s'embrassent.

Brooke fronce les sourcils. Est-ce qu'Alex est au courant qu'Alanza joue un double jeu avec lui ? Puis elle se rappelle que ce n'est pas son problème, qu'elle se fout d'Alex, et qu'elle est en retard pour le travail. Elle ferme son miroir de poche et le remet dans son sac. Au moment où elle essaie de se lever du banc, elle entend une femme s'esclaffer derrière elle.

– Non, mais regardez-moi cette souillon au visage bouffi ! Décidément, Brooke, tu ne sauras jamais te mettre en valeur. On dirait même que tu prends un malin plaisir à t'enlaidir. Enfin, bon, dans ton cas, ce n'est pas très difficile.

Brooke se retourne lentement. Alanza se tient devant elle, un sourire diaboliquement narquois sur le visage.

– Je n'ai pas envie de ressembler à une sorcière avec quatre kilos de maquillage sur la figure, lui répond Brooke calmement, avec un petit sourire en coin. Ce n'est pas ma définition de la beauté.

– Ah, parce que tu te crois belle ? répond Alanza en échappant un petit rire. Tu n'es même pas belle de l'intérieur, sale poufiasse !

Brooke ouvre grand les yeux.

– Qu'est-ce que tu viens de dire ?

Quelques personnes s'arrêtent pour observer les deux femmes, se demandant ce qui se passe.

Alanza ne dit rien. Elle ouvre son sac à main et en sort un emballage de barre de chocolat qu'elle montre à Brooke.

– Ça te dit quelque chose, Brooke ?

Oups… Brooke garde son sang-froid et ne bouge pas un cil, fixant Alanza droit dans les yeux.

– Oh, tu as soudainement perdu ta voix ? continue Alanza sur un ton ironique. Je vais te rafraîchir la mémoire : c'est la seule barre de chocolat avec laquelle tu te gaves depuis l'école primaire. Emballage que j'ai trouvé hier soir chez moi, comme par hasard. Grave erreur. Je n'achète jamais cette barre de chocolat, et je ne donne JAMAIS de chocolat à mon chien. À cause de toi, Frodo est malade ! hurle Alanza, hystérique.

La moutarde monte plus qu'au nez de Brooke, elle lui monte au cerveau. Elle en a marre de cette dinde arrogante qui l'emmerde depuis qu'elles ont huit ans. Elle a une gueule de bois et elle vient de faire une chute, ce n'est vraiment pas la bonne journée pour la titiller ! Brooke décide que c'est le moment idéal pour régler leurs comptes. Une bonne fois pour toute.

– J'en ai marre de ta gueule de connasse ! hurle Brooke de toutes ses forces.

Des clients du centre commercial accourent et forment rapidement un groupe autour des deux ennemies.

– Tu me harcèles depuis que nous sommes gamines ; tu es arrogante ; tu te moques de moi constamment ; tu aimes tyranniser les gens ; et en plus, tu me piques toujours mes mecs. Ça suffit ! Il est temps que quelqu'un te donne une leçon.

Imperturbable, Alanza se met à rire avec un air goguenard et met les mains sur ses hanches.

– Oh, et qu'est-ce que tu vas faire, Brooke Farley la minable ? Tu vas te battre avec moi ?

– EXACTEMENT ! hurle Brooke qui saisit un des faux cadeaux sous le sapin et le jette à la figure d'Alanza. Les gens autour d'elles émettent des « Oh ! » choqués. Quelques personnes font des commentaires à voix basse, et d'autres rient.

– Tu vas le regretter ! crie Alanza.

Elle prend un autre cadeau près du sapin, plus gros que celui qu'elle vient de recevoir au visage, et le balance vers Brooke de toutes ses forces. Brooke se prend le cadeau en plein sur le nez. Elle crie de douleur, mais saisit immédiatement un plus gros cadeau et vise Alanza avec une force décuplée. Alanza se penche sur le côté et évite le cadeau de justesse, puis elle se rue sur Brooke pour lui tirer les cheveux.

– Tu es une souillon et une mégère ! hurle Alanza.

– Sale sorcière ! s'époumone Brooke.

Elles continuent à se battre en utilisant les faux cadeaux au pied du sapin, puis les décorations sur le sapin quand elles n'ont plus de boîtes à portée de main. Alanza prend le dessus, puis Brooke reprend de la vigueur. Certaines personnes autour d'elles les encouragent, alors que d'autres les supplient d'arrêter.

Brooke décide qu'elle doit sortir victorieuse de cette bagarre. Puisqu'elle s'humilie volontairement en public, elle n'a plus rien à perdre. Alors elle saisit fermement de ses deux mains des branches du sapin bleu géant et, de toutes ses forces, elle le fait vaciller pour qu'il tombe sur Alanza.

Les spectateurs de la scène hurlent, certains effrayés, d'autres fascinés, en regardant le beau sapin s'écrouler en quelques secondes sur l'agente immobilière, qui disparaît dessous.

Puis c'est le silence total. Plus personne ne dit rien. Brooke et le groupe de personnes restent figés en regardant le sapin au sol, sous lequel se trouve Alanza, qui ne bouge pas.

Mais telle une méchante revenante qui n'arrête pas de ressusciter à la fin d'un mauvais film d'horreur, Alanza brandit un de ses bras entre les branches du sapin et rugit de haine. « Je t'aurai, salope ! »

Des gardiens de sécurité arrivent en courant et aident Alanza à s'extirper des branches du sapin. Le spectacle étant terminé, le groupe de clients qui s'était agglutiné pour observer la scène se dissout progressivement. Les gens retournent à leurs achats de Noël pendant que des employés de la maintenance remettent sur pied l'arbre bleu géant, et rassemblent les faux cadeaux éparpillés dans l'entrée du centre commercial.

Et pendant tout ce temps, Alex Brent était au premier étage du centre commercial, observant avec amusement le duel féroce entre Brooke et Alanza.

Il suit du regard les deux ennemies se faire escorter au poste de sécurité par deux gardiens qui leur font la leçon, et s'étonne de se réjouir que Brooke ait gagné le combat. Car il faut l'admettre, elle a gagné. Il faut avoir un sacré culot pour affronter Alanza, reconnaît-il. En public, de surcroît.

Finalement, cette Brooke est plus intéressante qu'elle en a l'air… Et il doit avouer qu'elle est drôle, une qualité qu'Alanza ne possède pas, aussi belle soit-elle… De plus, il est intrigué par elle depuis qu'il sait qu'elle était l'amie de sa grand-mère.

En longeant les magasins du premier étage, Alex se demande s'il a mal jugé Brooke, dès leur première rencontre.

CHAPITRE 21

Kate n'a jamais autant ri en imaginant Alanza coincée sous un sapin géant, humiliée en public dans un centre commercial qu'elle fréquente comme si c'était sa deuxième maison.

– Brooke, tu m'étonneras toujours ! dit-elle en essuyant les larmes qui coulent sur ses joues. Après tout, cette femme a eu ce qu'elle méritait.

Les deux amies sont assises à une table du Whispers Café, près du comptoir. L'endroit est calme. Un client sirote un café dans un coin, et le club de lecture qui compte d'habitude dix membres en est réduit à quatre. Les trottoirs gelés dehors en ont découragé plus d'un—plus d'une, pour être exact, car seules des femmes participent au club de lecture, à leur grand désarroi—et un méchant virus court en ville, clouant au lit de nombreux habitants de Savannah Bay.

Colin est debout derrière le comptoir et consulte avec attention un livre intitulé 'Comment les attirer'. Brooke sourit en remarquant Colin plongé dans sa lecture.

– Où en est Colin avec Isobel ? demande-t-elle à Kate.

– Comme je m'en doutais, on a pas revu Mark-le-tricoteur depuis la dernière fois que le club de tricot s'est réuni. Mais je ne sais pas si c'est parce que Brenda l'a effrayé, ou s'il a obtenu ce qu'il voulait, c'est-à-dire sortir avec Isobel, répond Kate.

– Ou peut-être qu'il a échoué, et c'est pour ça qu'il ne vient plus ? dit Brooke.

– Espérons que ce soit le cas pour Colin.

– Où a-t-il déniché cette lecture ?

– Où crois-tu ? répond Kate en faisant un signe de la tête vers le groupe de lecture.

Brooke fait une grimace.

– Est-ce qu'il est bon ce livre, au moins ?

– Je n'en ai aucune idée, je ne l'ai pas lu. C'est probablement bourré de conseils stupides, mais au moins ça veut dire que Colin n'abandonne pas l'idée de conquérir Isobel.

Alex arrive dans le café. Brooke détourne aussitôt sa tête pour éviter de croiser son regard, et Kate lui sourit en faisant un signe de la main pour le saluer. Il se dirige vers leur table. Pourquoi leur table ? se demande Brooke qui panique. Son estomac se serre. Presque toutes les tables du café sont vides, il a l'embarras du choix !

– Bonsoir, dit Alex en souriant.

– Bonsoir, répond Kate.

Brooke fait un simple mouvement de tête en évitant toujours de regarder Alex.

Alex croise ses bras et regarde Brooke avec un large sourire, tout en haussant les sourcils.

– Je ne savais pas que vous faisiez de la boxe ! dit-il.

Brooke le regarde en se demandant à quoi il fait référence, puis soudain elle comprend. Elle sent ses joues se chauffer en quelques secondes. Son visage doit être aussi rouge qu'une tomate ! Elle aimerait se cacher sous la table immédiatement.

Alex rigole.

– Combat de boîtes de Noël, c'est une bonne idée pour la période des fêtes. Ça change des boules de neige.

– Très drôle, répond Brooke sur un ton plat.

– Est-ce que je peux m'asseoir ? demande Alex.

Les lèvres de Brooke brûlent de répondre « Non », mais Kate s'empresse de répondre « Bien sûr ! ».

Brooke lance un regard noir à son amie qui se lève et retourne derrière le comptoir.

– Un Americano pour toi, Alex ?

Alex acquiesce de la tête tout en s'asseyant en face de Brooke.

Depuis quand Kate tutoie Alex ? se demande Brooke qui devient de plus en plus nerveuse. Alex le sexy la fixe du regard avec sa belle paire d'yeux bleu. C'est presque insoutenable.

– Je voulais vous remercier, dit Alex simplement, à la grande surprise de Brooke qui écarquille les yeux.

– Me remercier ? Pourquoi ?

– D'avoir été une amie pour ma grand-mère et de vous être occupée d'elle quand elle en avait besoin.

Brooke se sent gênée et regarde la table. Elle hausse les épaules.

– J'ai fait ce que j'avais à faire. Ce n'était pas difficile, Dorothy était adorable.

Kate arrive avec un Americano qu'elle dépose sur la table et Brooke en profite pour se défiler, prétextant la nécessité d'une visite aux toilettes. Kate lui fait discrètement les gros yeux et Brooke répond en levant les yeux au plafond d'un air exaspéré.

– Où en es-tu avec tes travaux ? demande Kate.

– Je viens de finir de rénover la cuisine, répond Alex, que j'ai repeinte en vert amande.

– Ah ! dit Kate en souriant, se souvenant de l'étrange épisode sur le choix de peinture au magasin de bricolage, que Brooke lui avait raconté. Quelle est la prochaine étape ?

– Abattre un mur ! répond Alex. Étant donné les capacités de combattante de Brooke, je devrais peut-être lui demander de m'aider, répond-il en rigolant.

Kate éclate de rire.

– Tu sais, cette idée de bed-and-breakfast, Brooke l'a eue avant toi. Elle parlait souvent de ce projet avec ta grand-mère, comme un rêve. Si elle avait eu la chance de posséder la maison, c'est ce qu'elle en aurait fait.

Alex est surpris.

– Et qu'en pensait ma grand-mère ?

– Dorothy trouvait que c'était une très bonne idée et une bonne façon de donner une nouvelle vie à la maison où elle avait passé toute sa vie. Elle aimait cette maison et s'inquiétait souvent de savoir ce qu'elle allait devenir après sa mort. Mais si tu en as hérité, j'imagine qu'elle te faisait confiance, et il semblerait qu'elle ait eu raison, dit-elle en lui tapotant l'épaule.

Brooke revient vers la table, agacée de voir qu'Alex est toujours là. Elle se rassoit à la table à contrecœur, et Kate s'empresse de retourner derrière le comptoir. Brooke lui envoie un autre regard noir, mais Alex s'en aperçoit. Il rigole.

– Ne vous inquiétez pas, je vais partir et vous laisser tranquille. Mais avant, j'ai une chose à vous demander, dit-il avec un petit sourire.

Brooke fronce les sourcils. Qu'est-ce qu'Alex peut bien vouloir lui demander ?

– Accepteriez-vous d'aller au marché de Noël avec moi ?

Brooke écarquille les yeux. Elle est stupéfaite.

Alex fait un signe de la tête, signifiant qu'il attend une réponse.

Et une fois de plus, Brooke fait une chose étrange qu'elle ne comprend pas. Elle répond « Oui ! »

Alex sourit, étonné. Il s'attendait à plus de résistance de la part de Brooke.

– Parfait. Alors on se voit vendredi soir, à sept heures, au marché de Noël ?

Brooke acquiesce de la tête, encore sous le choc de son comportement incontrôlable et stupide.

Alex se lève.

– À vendredi, dit-il en souriant à Brooke.

Il quitte le Whispers Café.

Brooke tourne sa tête vers Kate comme si elle avait vu un fantôme. Elle la regarde en restant bouche bée.

Kate se penche en avant du comptoir, toute excitée.

– Qu'est-ce qui s'est passé ? Qu'est-ce qu'il a dit ?

– Il m'a invitée à aller au marché de Noël avec lui, répond Brooke avec une petite voix.

Et elle a dit oui ! Elle n'en revient toujours pas.

Kate explose de joie en frappant dans ses mains.

– Je le savais ! Je le savais ! Elle se tourne vers Colin. Tu vois Colin, j'avais raison ! Ces deux-là vont se retrouver ensemble avant Noël !

Agacé, Colin ferme son livre en le claquant fort et se dirige vers l'arrière-boutique du café avec une tête d'enterrement.

CHAPITRE 22

Assis sur la grosse pile de vêtements sur le lit, Limbo observe Brooke d'un air intrigué.

Elle se tient debout face au miroir sur pied de sa chambre, et se regarde en faisant une tête d'enterrement. Quoiqu'elle essaie, elle est insatisfaite. Il y a toujours quelque chose qui cloche. Elle est prise d'un doute terrible : et si tout ceci était une erreur ? Ne devrait-elle pas annuler le rendez-vous avec Alex Brent ? Mais qu'est-ce qui lui a pris de répondre « Oui » ? Quelle idiote !

Elle enlève la chemise rouge qu'elle porte, l'envoie valser sur le lit d'un mouvement agacé, et se met à grogner de frustration. Elle se tourne vers Limbo.

– Alex Brent aura droit à la bonne vieille Brooke ! Je me sens comme un clown avec ces vêtements sur le dos que je n'ai pas mis depuis dix ans. J'ai perdu l'habitude de jouer le jeu de la séduction.

Limbo ne l'écoute pas. Le chat piétine la chemise rouge en soie tout en ronronnant, puis il s'installe dessus en boule pour commencer une sieste.

Brooke attrape un simple pull marron à col roulé sur une étagère de son placard, et choisit une paire de vieux jeans.

– Après tout, on va juste au marché de Noël de Savannah Bay, pas dans un palace cinq étoiles ! Et pas question de tomber une deuxième fois et de me ridiculiser devant lui, dit-elle en enfilant ses bottes à talons plats.

Brooke fait un tour rapide dans la salle de bain, relève ses cheveux en chignon et met un peu de maquillage sur son visage—juste ce qu'il faut pour se mettre en valeur, rien de flashy.

Puis elle enfile le manteau de Dorothy, ferme les yeux en le boutonnant, et fait une prière à toute vitesse.

– Dorothy-s'il-te-plaît-fais-en-sorte-que-ton-petit-fils-ne-soit-pas-un-gros-con-et-que-cette-après-midi-se-passe-bien. Merci.

Puis elle quitte l'appartement en émettant un gros soupir.

*

Alex attend Brooke devant l'étalage des sapins de Noël, les mains dans les poches de son blouson. Il sourit quand il voit arriver Brooke débarquer d'un taxi et se dirige vers elle d'un pas précipité.

– Vous auriez dû me dire que vous aviez besoin d'une voiture, je serais allé vous cher—

Il s'arrête net en pensant à l'idiotie qui vient juste de sortir de sa bouche. Il se sent ridicule et fait une grimace en guise d'excuse. Brooke lui envoie un sourire narquois.

– Désolé, j'avais oublié, dit-il, regrettant aussitôt de commencer ce rendez-vous par un malaise.

Mais Brooke se réjouit intérieurement de ne pas être la première à faire une bourde, ce qu'elle craignait. Ils prennent une des allées du marché bondé et regardent les étals des marchands tout en restant silencieux, sans vraiment oser se regarder. Brooke se demande ce qu'elle va bien pouvoir trouver comme sujet de discussion.

La plupart des gens qui font leurs achats de Noël ont l'air anxieux. Il est clair que pour certains, l'achat des cadeaux de Noël est une véritable corvée, et le sol glissant rend la tâche plus difficile pour ceux qui veulent s'en débarrasser au plus vite.

Brooke se décide finalement à ouvrir la bouche…en même temps qu'Alex. Ils rigolent, et brisent enfin la glace.

– Allez-y, dit Alex.

– J'allais vous demander si vous aimez Noël, dit Brooke.

Alex hausse les épaules.

– J'ai toujours aimé ça, mais je dois avouer que ces dernières années j'ai perdu un peu d'intérêt pour la période des fêtes. Cette année en particulier, à cause de ma grand-mère qui est partie et—

Alex hésite à poursuivre. Brooke tourne sa tête vers lui, attendant la suite de sa phrase.

– Et parce que je me suis séparé de quelqu'un.

– Ah, désolée, dit Brooke.

– Oh, c'était pour le mieux… Mais disons que ça ne me donne pas vraiment le cœur à faire la fête. Le plus drôle, c'est qu'en emménageant ici, j'étais ravi de fuir la neige de la côte est. Je ne m'attendais pas à voir un seul flocon, et voilà le résultat !

Alex ouvre ses bras pour désigner le spectacle hivernal qui les entoure.

– Évidemment, poursuit-il, l'hiver où j'emménage à Savannah Bay, il faut qu'il y ait une monstrueuse tempête de neige exceptionnelle !

– C'est vous qui l'avez amenée ici, alors ! dit Brooke en rigolant.

– Et vous, Brooke, vous aimez Noël ? demande Alex.

Brooke s'arrête à la table d'un marchand qui vend des décorations artisanales, attendrie par un adorable petit ange à la robe translucide bleue. Elle le prend délicatement dans ses mains. L'ange a des petites joues bien rondes et rouges, et un sourire coquin peint sur son visage.

– Oui, j'ai toujours adoré Noël, répond-elle. Mais je n'ai pas une grande famille. Pas de frère, ni de sœur. Juste mes parents qui vivent ici, avec lesquels je fête Noël d'habitude, mais une année sur deux, ils partent en voyage au moment des fêtes. Cette année, ils sont au Mexique.

– Alors vous allez passer Noël toute seule ? demande Alex.

Brooke repose le petit ange sur la table du marchand et se tourne vers Alex, mais n'ose pas le regarder droit dans les yeux.

– Non, je vais le passer avec Kate et Limbo.

Alex fronce les sourcils.

– Qui est Limbo ?

Brooke explose de rire.

– Un petit être malicieux à fourrure qui peut se faufiler partout et qui adore attaquer les sapins de Noël, répond Brooke.

Alex rit.

– C'est pour ça que je suis allée acheter des décorations de Noël, l'autre jour, au magasin de bricolage. Limbo avait renversé le sapin que j'avais passé deux heures à décorer. Mon erreur a été de ne pas fermer la porte du salon derrière moi quand je suis allée dans la cuisine, et Limbo en a profité. Il n'a pas perdu une seconde et s'est jeté sur le sapin. Donc je suis condamnée à posséder des décorations de Noël en plastique tant que Limbo est dans ma vie !

Brooke fait une pause et sourit.

– Mais à part son obsession pour les sapins de Noël et la nourriture, Limbo est adorable.

En se rapprochant du coin où se dressent les tentes des vendeurs de nourriture et de confiseries, une douce odeur sucrée de pomme et de chocolat vient leur chatouiller les narines.

– Je vous offre une pomme au chocolat ? Ou autre chose ? demande Alex.

Brooke hésite. Elle a peur que des bouts de pomme et de chocolat lui restent coincés entre les dents. Elle aurait l'air bien ridicule, et s'il y a bien une chose qu'elle veut éviter en présence d'Alex, c'est d'être ridicule. Est-ce qu'elle devrait accepter, ou demander autre chose ?

Alex la regarde, amusé.

– Est-ce que vous réfléchissez toujours autant avant de manger quelque chose ? Si vous voyiez votre visage. Vous avez l'air d'être en pleine réflexion existentielle. Tout va bien ?

Brooke rougit.

– Oh, pardon… Oui, oui, tout va bien. Euh… Serait-ce impoli de vous demander une queue de castor, à la place ? J'adore les queues de—

Et là, Brooke arrête immédiatement de parler et reste figée sur place, en plein milieu du marché de Noël. Pourquoi n'a-t-elle pas accepté l'offre de la pomme au chocolat au lieu de demander quelque chose qui contient le mot 'queue' !? Elle se sent tellement honteuse qu'elle voudrait disparaître six pieds sous terre.

Alex la regarde en essayant de garder son sérieux. Il sourit en pinçant ses lèvres.

– Pas de problème. Ils vendent des queues de castor juste au coin, là-bas.

Brooke marche à côté d'Alex en regardant droit devant elle, tout en se maudissant intérieurement.

Ils se joignent à la longue file d'attente devant le camion rouge. Deux employés prennent et servent les commandes par une double fenêtre ouverte sur le côté du camion, pendant que deux autres s'affairent à l'intérieur pour préparer les longues galettes frites, faites de pâte à beignets. Les queues de castor sont traditionnellement recouvertes de sucre et de cannelle, mais un large panneau accroché sur le côté du camion affiche la liste de toutes les garnitures possibles.

Brooke ne se donne pas la peine de lire le panneau et commande une queue de castor traditionnelle. Pas de préparation compliquée avec une tonne de crème chantilly, du chocolat fondu, ou des rondelles de banane. Elle sait très bien ce qui pourrait arriver, et elle s'est assez ridiculisée comme ça.

– Où en êtes-vous avec vos travaux dans la maison ? demande-t-elle à Alex.

– Je viens de finir de repeindre la cuisine. En vert amande, pas en saumon 'vomi-de-mamie', précise-t-il en la regardant avec insistance, et en souriant. La prochaine étape va être plus difficile. Je vais m'attaquer à la salle de bain du premier étage où tout doit être remplacé. Baignoire, lavabo, et cætera… Ce qui me fait penser à quelque chose. Kate m'a dit que vous aviez parlé avec ma grand-mère du projet de faire de la maison un bed-and-breakfast. Aviez-vous l'intention d'acheter la maison de ma grand-mère avant qu'elle ne décède ?

– Mon dieu, non ! répond Brooke en écarquillant les yeux. Je n'aurai jamais eu les moyens d'acheter cette maison ! C'est quelque chose dont je parlais avec Dorothy de temps en temps, une sorte de rêve que j'évoquais à haute voix… C'était une idée qui plaisait à votre grand-mère, donc je crois qu'elle vous approuve, de là où elle est.

Alex acquiesce de la tête.

Brooke le regarde en fronçant les sourcils, l'air inquiet.

– Au fait, est-ce que vous êtes bon bricoleur ? J'espère que vous n'êtes pas en train de massacrer la maison, dit-elle sur un ton à moitié sérieux. Elle force un sourire.

– Ne vous inquiétez pas, ce n'est pas la première maison que je retape. J'ai aidé quelques amis à rénover les leurs, donc je connais deux ou trois choses en matière de bricolage… Mais merci pour votre confiance, répond-il en faisant semblant d'être vexé.

– Désolée… Je ne voulais pas…

Alex donne à Brooke la queue de castor que l'employé du camion vient de lui tendre.

– Madame, votre… queue de castor, dit-il, d'un ton espiègle.

Brooke la prend avec un sourire gêné.

– Merci, répond-elle avec une petite voix.

Tout en mangeant leurs beignets plats recouverts de sucre brun doré, Brooke et Alex continuent leur chemin entre les allées du marché et croisent un groupe de musiciens de l'Armée du Salut qui interprètent des chants de Noël. Brooke s'arrête et met quelques pièces dans la cagnotte. Alex fouille dans ses poches et y glisse un billet de cinq dollars.

– Est-ce que vous avez un sapin de Noël chez vous ? demande Brooke.

Alex hoche la tête en avalant une grosse bouchée de queue de castor.

– Non. Je suis tout seul. Ça sert à rien.

– Quoi ? Mais c'est tellement beau un sapin de Noël ! Surtout le soir, c'est féerique. Vous devriez en acheter un. Et vous savez, votre grand-mère adorait Noël. Chaque année, elle se faisait livrer un grand sapin et passait des heures à le décorer.

Brooke s'arrête soudainement et se tourne vers Alex.

– D'ailleurs, ça me fait penser, j'espère que vous avez gardé les boîtes de décorations de Noël de Dorothy et que vous ne les avez pas jetées ou données ? La plupart des ornements étaient de vraies petites pièces de collection qui dataient des années quarante et cinquante et qu'elle avait précieusement conservées.

Pour la première fois depuis qu'ils se sont rencontrés, Brooke regarde Alex droit dans les yeux, attendant une réponse de sa part. Alex reste silencieux un moment en la regardant. Il sourit, attendri.

– La maison est très grande, répond-il. Je n'ai pas passé en revue toutes les pièces, et je n'ai pas trouvé de boîtes avec des décorations de Noël. Elles doivent être quelque part dans le sous-sol ou au grenier. Ce sont les pièces que je vais vider en dernier.

– Vous devriez explorer ces pièces en premier, insiste Brooke. On trouve toujours des choses intéressantes dans les sous-sols ou les greniers.

Alex regarde Brooke avec un petit sourire en coin.

– Comme des boîtes de décorations de Noël, peut-être ?

Brooke rigole. Ils ont fait le tour du marché et se retrouvent maintenant là où ils ont commencé leur balade, près du marchand de sapins. Une cinquantaine d'arbres sont alignés le long d'une grande barrière en bois.

Brooke se poste à côté d'un grand et beau sapin en le pointant du doigt.

– Alex, vous devriez vraiment acheter ce sapin. Ce serait un bel hommage à votre grand-mère, et je vous assure que vous n'allez pas le regretter. Vous serez ravi d'admirer votre sapin dans votre salon, une fois qu'il sera décoré. Et puis vous n'avez pas de chat cinglé obsédé par les sapins, donc vous n'avez aucune excuse.

Brooke affiche un large sourire sur son visage, et a les yeux grand ouverts, comme une enfant qui attend qu'on lui accorde un caprice.

Alex se sent fondre de l'intérieur. Il n'avait jamais remarqué à quel point Brooke pouvait être aussi adorable. Mais il hésite. Décorer un sapin de Noël n'est pas une activité fascinante pour lui. À moins que…

– D'accord, répond-il finalement, mais à une condition.

Brooke est intriguée. Quelle condition peut bien poser Alex pour l'achat d'un sapin ?

– Laquelle ? demande-t-elle.

– Que vous le décoriez avec moi.

– OK ! répond immédiatement Brooke en haussant la voix.

La réponse s'est échappée de sa bouche sans qu'elle ait eu le temps de réfléchir, comme si quelqu'un avait répondu à sa place. Il faut qu'elle arrête de faire ces trucs bizarres, ça ne rime à rien ! Brooke rougit, une fois de plus très embarrassée.

Alex explose de rire.

CHAPITRE 23

– Raconte-moi tout ! s'exclame Kate en accourant vers Brooke, aussitôt que celle-ci arrive au Whispers Café.

Brooke s'assoit calmement sur une chaise en s'efforçant de ne démontrer aucune excitation pour la conversation qu'elle s'apprête à avoir avec Kate. Celle-ci est déjà assise en face d'elle, la fixant du regard, et tout ouïe.

– Alors, ça s'est bien passé ? demande Kate.

– Oui, répond simplement Brooke, comme si de rien n'était.

Kate fronce les sourcils.

– Tu rigoles ! Tu ne vas pas me faire prier pour me raconter ce qui s'est passé avec Alex ? Je sais que tu as autant envie d'en parler que moi, alors crache le morceau, Brooke !

Colin arrive à leur table en portant un petit plateau. Ses mains tremblent, ce qui surprend Kate, car son employé n'a pas l'habitude de trembler lorsqu'il apporte des plateaux aux clients. Il dépose un café Mocha devant Brooke, et une tasse de thé vert devant Kate, puis il retourne rapidement derrière le comptoir pour servir une cliente.

Brooke prend sa petite cuillère, la fait tourner dans sa

tasse tout en prenant son temps, récolte un nuage de crème fouettée et l'avale en le savourant, les yeux fermés.

Kate bout d'impatience et fait des gros yeux.

– Alors ??? demande-t-elle, énervée.

– Alors… Alex m'a demandé de l'aider à décorer son sapin de Noël, dit finalement Brooke avec un petit sourire malicieux.

Kate fait une drôle de tête.

– Quoi ? Eh, oh, tu sautes des étapes, là ! Rembobine depuis le début, s'il te plaît.

Brooke rigole.

– OK, OK… On s'est donné rendez-vous au marché de Noël ; on a parlé de sa grand-mère ; on a mangé des queues de castor—ce qui été l'objet d'une autre de mes nombreuses humiliations dans ma vie—je l'ai forcé à acheter un sapin, et il veut que je l'aide à décorer l'arbre avec les décorations de Dorothy qui se trouvent dans des boîtes quelque part dans la maison, qu'il n'a pas encore trouvées.

Kate regarde Brooke, perplexe.

– C'est tout ?

Brooke hausse les épaules.

– Ben oui, c'est tout. On a parlé d'autres choses, mais bon, tu sais ce que c'est un premier rendez-vous. C'est poli, on parle de généralités, on apprend pas grand-chose.

Un sourire se dessine progressivement sur les lèvres de Kate, large et fier.

– J'avais raison.

Brooke fait la moue et avale une gorgée de son café Mocha.

– Ne te réjouis pas trop vite, Kate. N'oublie pas qu'il y a toujours Alanza dans le décor.

Kate se pince les lèvres en regardant sa tasse de thé.

– Ah, oui, celle-là, je l'avais oubliée… Si seulement on pouvait s'en débarrasser pour de bon !

Brooke regarde par-dessus l'épaule de Kate en fronçant les sourcils.

– Mais, qu'est-ce que fait Colin ?

Kate se retourne.

– Oh, mon dieu… murmure-t-elle, inquiète.

Les femmes du club de tricot regardent Colin avec des yeux écarquillés. Brenda marmonne quelque chose d'incompréhensible en levant les yeux au ciel, tout en continuant à tricoter une longue écharpe rouge, à vitesse grand V. Elle tire nerveusement sur le fil de sa pelote de laine pour la dérouler.

Colin est à genoux devant Isobel. De sa main gauche, il prend une feuille de papier de la poche de son tablier, la déplie, et pose la main droite sur son cœur.

– Aïe, aïe, aïe… murmure Brooke.

Kate est figée comme de la glace en observant Colin.

– Isobel, belle Isobel, commence Colin, en lisant le texte sur son papier.

– Que c'est original… laisse échapper Brenda à voix basse, d'un ton blasé.

– Chut ! lui ordonne Denise, l'air fâché. Laisse le gamin parler !

Isobel a interrompu son tricotage et regarde Colin avec appréhension. Elle est rouge comme une tomate.

– Isobel, cela fait un an, trois mois, et une semaine que je te vois chaque lundi après-midi, ici, au Whispers Café. Et chaque lundi matin, je me lève le cœur rempli de joie, en ayant hâte de te voir. Et chaque lundi après-midi, quand le groupe de tricot arrive et que je te vois passer la porte du café, je me demande si je vais enfin avoir le courage de venir te parler. Tu ne peux pas imaginer le plaisir et le soin avec lesquels je prépare ton chocolat chaud, en y ajoutant toujours un tourbillon généreux de crème chantilly sur le dessus, car je sais que tu adores la crème chantilly. Je sais aussi que tu aimes les biscotti aux amandes, mais pas les muffins au citron ; que ta couleur préférée est probablement le vert, car la plupart de tes travaux de tricotage sont faits avec de la laine de couleur verte. Vert amande, vert foncé, vert forêt… Ce qui n'est pas surprenant, quand on voit tes beaux yeux verts.

– Oyoyoye… souffle Brenda en hochant la tête.

Denise la fusille du regard et lui donne un coup de pied discret.

– Aujourd'hui, j'ai décidé de prendre mon courage à deux mains et de briser mon silence, continue Colin. Je ne peux plus garder secrets mon admiration et mon amour pour toi. Isobel : tu es une personne délicate et attentionnée, toujours prête à aider les gens autour de toi. Ta beauté me fascine, et j'aimerais te demander, enfin, de me faire l'honneur d'accepter un rendez-vous galant avec moi.

Colin regarde fixement Isobel dans ses yeux verts, le cœur battant, en priant ardemment que la jeune fille lui réponde « Oui ! » avec un grand sourire.

Une cliente assise à une table a arrêté la lecture de son livre pour écouter la déclaration de Colin. Elle applaudit, les larmes aux yeux.

Un homme assis dans un fauteuil a les yeux qui dépasse du haut de son journal. Il regarde le pauvre Colin comme si c'était le dernier jour de sa vie.

Tous les yeux des clients présents au Whispers Café se tournent vers Isobel. Le silence total règne dans le magasin. Tout le monde attend la réponse de la jeune fille.

Finalement, Isobel se décide à parler. Elle racle sa gorge.

– Euh… Est-ce que je peux y réfléchir ? demande-t-elle timidement.

Le visage de Colin se défait. Quelques clients font des grimaces.

– Ben évidemment, 'y fallait s'y attendre… dit Brenda du coin de la bouche.

– Pour une fois dans ta vie, s'exclame Denise, ferme ta grande gueule, Brenda !

Brenda regarde Denise avec des gros yeux offusqués.

Un silence lourd règne dans le café. Maintenant tous les yeux sont sur Colin. Des yeux tristes, déçus, peinés, embarrassés. Seule Isobel regarde le sol, ne sachant plus où se mettre.

Colin se redresse calmement, plie sa feuille papier, le range dans la poche de son tablier, salue poliment Isobel d'un petit geste de la tête, et retourne derrière le comptoir. Il augmente le volume de la chanson qui joue dans le café, Silent Night.

Silent night, holy night
All is calm, all is bright
Round yon virgin, mother and child
Holy infant so tender and mild
Sleep in heavenly peace
Sleep in heavenly peace

Traduction :
Nuit silencieuse, nuit sainte
Tout est calme, tout est lumineux
Autour de la vierge, la mère et l'enfant
L'enfant sain si tendre et si doux
Dors dans la paix céleste

– Oh, mon dieu. Pauvre Colin, murmure Brooke en pausant ses mains sur sa bouche, les larmes aux yeux.

Kate se lève à la hâte pour aller rejoindre Colin qui est parti se cacher dans l'arrière-boutique du café.

CHAPITRE 24

Alex a finalement trouvé les deux grosses boîtes de plastique bleues rangées dans le sous-sol de la maison, en bas d'une étagère, clairement identifiées au marqueur noir 'Décorations de Noël'. Il les dépose près du sapin et laisse l'honneur à Brooke d'ouvrir la première boîte.

Elle est émue en voyant les ornements qui lui remémorent certains moments passés en compagnie de Dorothy dans ce salon, lorsqu'elles étaient assises sur le canapé rouge Victorien, à parler et boire du thé, manger des petits bonshommes de pain d'épices et glousser de bonheur comme des petites princesses.

Brooke prend une petite figurine de bois représentant un enfant sur une luge. Les traits dessinés sur son visage se sont à moitié effacés avec le temps. Elle accroche la figurine sur une branche du sapin.

Alex ouvre la deuxième boîte et découvre un tas de guirlandes blanches et rouges, et de grosses fausses cannes à sucre en plastique.

– Aurais-je tort d'assumer que les couleurs choisies par ma grand-mère pour décorer son sapin étaient le rouge et le blanc ?

Brooke rigole.

– Vous avez un esprit de déduction étonnant, Alex ! Un vrai Sherlock. Vous m'épatez.

– Très drôle, répond Alex. Mais je pense qu'on peut passer au tutoiement.

Brooke le regarde furtivement.

– Oh, OK… répond-elle en rougissant.

Alex n'a pas l'air très inspiré par sa boîte de décorations. Le démêlage des guirlandes s'annonce laborieux, et il se demande si on pose des guirlandes sur un sapin au début ou à la fin du travail de décoration. Il trouve un bon prétexte pour échapper à sa tâche en offrant d'aller préparer du café. Il part vers la cuisine et revient quelques minutes plus tard en portant un plateau avec deux tasses remplies de café, du lait dans une coupelle, du sucre, et une boîte de biscuits au chocolat dans une petite assiette. Brooke sourit de voir qu'Alex a fait un effort de présentation en ajoutant des petites serviettes en papier avec un imprimé de bonshommes de neige. Il pose le plateau sur la table basse du salon et retourne vers sa boîte pour fouiller dedans. Il trouve une grosse étoile en argent.

– Ah ! Ça, je sais quoi en faire.

Il enfile l'étoile sur la pointe du sapin, et admire son travail, satisfait.

Brooke sourit. Alex a l'expression d'un petit garçon tout fier d'avoir accompli un exploit.

– C'est loin d'être fini, dit-elle. Aidez-moi… Aide-moi, pardon, avec les petites décorations.

Alex se penche sur la boîte de Brooke, l'air effrayé.

– Mais il y a des centaines d'ornements dans cette boîte !

– Oui. Et le sapin est grand, dit Brooke. On en a pour un moment.

Alex saisit un petit ange blanc et demande à Brooke où il doit le poser. Elle lui suggère de se laisser guider par son inspiration. Elle sait bien que l'arbre ne sera pas décoré de manière aussi parfaite, comme savait le faire Dorothy, mais ce n'est pas le plus important.

Alex hésite un moment et se décide finalement à nicher le petit ange sur une branche du sapin. Puis il prend un autre ornement dans la boîte.

– J'ai une question à te poser, Brooke, si tu veux bien y répondre.

– Bien sûr, dit-elle en plongeant sa main dans la boîte. Quelle est ta question ?

– Pourquoi t'es-tu battue avec Alanza au centre commercial, l'autre jour ?

Brooke reste figée sur place, un bras tendu vers le sapin, tenant du bout de ses doigts une petite boucle de ficelle à laquelle est accrochée un petit skieur qui valse dans les airs.

– Tu as vraiment tout vu ? demande-t-elle, pétrifiée de honte.

Alex sourit.

– Absolument ! J'étais à l'étage, en haut. Belle attaque de sapin ! Je ne savais pas que c'était un sport local.

Brooke est embêtée. Si elle commence à parler d'Alanza, elle ne va pas en dire du bien, c'est sûr. Et elle n'est pas certaine de la nature de la relation entre Alex et Alanza. Est-ce qu'ils sortent ensemble ou non ? Que devrait-elle répondre ?

– On se connaît depuis l'école primaire, répond Brooke. Disons qu'elle et moi, on ne s'est jamais vraiment entendues.

– Ah bon. Pourquoi ? demande Alex.

Seul un homme peut poser une telle question, se dit Brooke.

– Est-ce que vous sortez ensemble, Alanza et toi ? demande-t-elle.

Alex a un petit sourire en coin.

– Non, pourquoi tu me demandes ça ?

Il prend sa tasse de café et avale une gorgée, curieux d'entendre la réponse de Brooke.

– Parce que je vous ai vus tous les deux, l'autre soir, au pub. C'est l'impression que ça m'a donné, répond Brooke en évitant de regarder Alex.

– Disons qu'elle est moi on a passé du temps ensemble, répond simplement Alex.

C'est bien une réponse de mec, se dit Brooke. Tourner autour du pot.

– Alors ? insiste Alex. Pourquoi vous vous faites la guerre ?

Brooke se tourne vers Alex en fronçant les sourcils.

– On ne se fait pas la guerre !

Alex, qui a la bouche remplie de café, explose de rire tout en couvrant sa bouche avec une serviette en papier.

– Si ce n'est pas la guerre, ça y ressemble ! Tu tournes autour du pot donc, vraisemblablement, tu ne veux pas répondre à la question.

C'est le comble ! Elle, tourner autour du pot ? Très bien. Si Alex veut une réponse, il va en avoir une.

– Alanza est une peste et a toujours été une peste. Elle a été élevée dans l'arrogance, elle est suffisante, et je ne compte plus le nombre de fois où elle a humilié des personnes juste pour le plaisir de les voir souffrir. Cette fille a tout pour être heureuse, mais elle est odieuse avec tout le monde.

– Elle est fille unique et a perdu ses parents lorsqu'elle était très jeune. C'est peut-être pour ça. Vivre confortablement, ça ne rend pas forcément heureux.

– Ce n'est pas une excuse pour faire souffrir les autres, répond Brooke.

– Non, en effet… Mais qu'est-ce qu'elle t'a fait à toi, en particulier ? demande Alex d'un regard insistant.

– Si tu veux absolument le savoir, c'est plutôt quelque chose que je lui ai fait qu'elle n'a toujours pas digéré. Et elle me le fera payer jusqu'à la fin de sa vie.

Alex est stupéfait.

– Toi ? Brooke ? Tu as fait quelque chose à Alanza ?

– Oui, moi, répond Brooke avec fierté. Lorsqu'on était au lycée, elle me piquait toujours les mecs dont j'étais amoureuse. Mais il y en avait un en particulier qu'elle et moi aimions vraiment beaucoup. La compétition a duré plusieurs mois, et finalement, c'est moi qui aie gagné. Apparemment, elle était follement amoureuse de lui et en a beaucoup souffert. Elle m'en veut à mort depuis. J'aurais eu de la compassion pour elle si elle était elle-même capable d'en avoir pour les autres. Mais dans la mesure où elle en est totalement dépourvue, je ne me suis pas sentie coupable. Après tout, le gars m'avait choisie de son plein gré, je n'avais rien à me reprocher.

– Je vois… Et ce gars, qu'est-il devenu ? demande Alex.

Brooke regarde la maison miniature qu'elle tient dans ses mains en se demandant où elle va l'accrocher sur l'arbre. Elle hausse les épaules.

– On est sorti ensemble pendant deux ans, puis ses parents ont déménagé, lui avec. Je ne sais pas où il est ni ce qu'il est devenu maintenant.

– Alors c'est ça ? Tu as brisé le cœur d'Alanza, dit Alex d'un ton ironique.

Brooke se tourne vers lui, vexée.

– Pas du tout ! Et puis pour pouvoir briser son cœur, il aurait fallu qu'elle en ait un au départ, ce qui n'est pas le cas !

Alex hausse les sourcils.

– OK, OK… Je pense que tu as répondu à ma question. Merci, Brooke.

Ils continuent à décorer le sapin dans un silence embarrassant.

Puis Brooke prend un objet de la boîte de décorations et explose de rire.

– Et toi, Alex, est-ce que tu peux m'expliquer ça ?

Elle montre à Alex un petit cadre rond rouge au centre duquel se trouve une vieille photo d'Alex, adolescent, les cheveux ébouriffés, de l'acné sur le visage, et un large sourire dévoilant un appareil dentaire.

Alex rougit et essaie immédiatement de saisir le cadre, mais Brooke cache son bras derrière elle.

– Je ne savais pas que ma grand-mère avait cette photo ! se lamente Alex. Mon dieu, quelle horreur ! Pourquoi, en plus, la mettre dans un mini cadre pour en faire une décoration de Noël. Donne-moi ça !

– Pas question, répond Brooke en souriant et en s'éloignant du sapin. Ta grand-mère devait te trouver très beau. Si elle a gardé ce cadre, on doit l'accrocher sur le sapin.

– Sûrement pas ! répond Alex. Brooke, c'est un avertissement. Donne-moi ce cadre tout de suite ou—

– Ou quoi ? demande Brooke d'un air effronté.

Alex marche tranquillement vers elle.

– Ou je vais t'embrasser.

Surprise, Brooke ne bouge plus, tétanisée par la 'menace' d'Alex qui se trouve seulement à quelques centimètres d'elle. Il passe une main dans le dos de Brooke et prend le petit cadre de ses mains. Elle ne résiste pas.

Puis Alex se penche vers elle, et l'embrasse.

CHAPITRE 25

Dans la semaine qui suit ce premier baiser, Brooke est aux anges. Elle croit enfin à l'amour. Est-ce possible ? Elle qui refusait d'y croire et qui pensait que c'était un mythe hérité des contes de fées, un énorme mensonge pour qu'Hollywood puisse pondre des comédies romantiques à la pelle… Et la voilà maintenant, Brooke Farley, amoureuse d'un homme parfait pour elle. Incroyable !

L'homme parfait. L'amour parfait. Penser à ces mots faisait encore peur à Brooke quelques jours auparavant, mais maintenant qu'elle vit cette histoire d'amour, elle voit et ressent tout de manière différente. En pensant à Alex, elle croit sans l'ombre d'un doute que tout est possible. Que l'amour est possible.

Assise sur le canapé de son salon, une tasse de chocolat chaud à la main, et Limbo roulé en boule sur ses genoux, Brooke admire son sapin avec un sourire béat. Hypnotisée par les lumières des guirlandes électriques, elle revoit les moments merveilleux qu'elle a passés en compagnie d'Alex cette semaine : quand ils ont repeint la chambre de Dorothy ; lorsqu'ils ont fait une visite au magasin de bricolage pour choisir le nouveau papier peint du salon et le carrelage des salles de bain ; leur dîner romantique improvisé à la dernière minute, avec des vieilles bougies trouvées dans un des tiroirs de la cuisine et une pizza hawaïenne surgelée ; et leur seconde visite au marché de Noël où ils ont bien rigolé en repensant à 'l'épisode' des queues de castor…

Comment Brooke aurait pu imaginer que l'amour soit si simple et si vrai ? Peut-être que tous ceux qui prétendent que l'amour n'est pas compliqué et qui répètent que lorsqu'on rencontre 'le vrai amour', on le sait immédiatement, peut-être que ceux-là ont raison ?

La rêverie de Brooke est interrompue par le son de notification de son téléphone portable. C'est un SMS d'Alex.

Bonsoir Brooke ! Puisque tes parents sont partis au soleil pour les fêtes et que j'ai décidé de ne pas passer mon Noël en famille cette année, est-ce que tu aimerais le passer avec moi ? À moins que tu aies déjà d'autres plans, bien sûr.

Brooke sourit et répond aussitôt :

Rien de prévu de mon côté non plus, donc j'accepte l'invitation avec plaisir ! Mais j'espère que tu sais cuisiner parce que je veux manger un repas traditionnel de Noël. Je veux ma dinde farcie et tout ce qui va avec !

Alex :

Lol On ne va pas se manger une dinde à deux ! Mais je vais voir ce que je peux faire… Tu te charges du dessert ?

Brooke :

OK. Je vais faire une bûche au chocolat. Moi, au moins, je sais cuisiner…

Alex :

Ah, les femmes, jamais contentes ! OK, je te laisse, je

m'attaque au plancher d'une des chambres. Passe une bonne soirée. On se voit bientôt !

Brooke :

Passe une bonne soirée aussi !

Brooke éteint son téléphone portable et le pose à côté d'elle, sur le canapé. Limbo se réveille en s'étirant et en bâillant.

– Devine les dernières nouvelles, Limbo ! dit-elle en caressant le chat. Je vais passer Noël avec Alex ! Le beau et sexy Alex ! Oui, celui qui a cassé ma voiture ! Mais maintenant, ma vieille voiture, si tu savais comme je m'en fous !

Sans même regarder Brooke, Limbo saute sur le sol, marche lentement vers le sapin, puis il s'arrête à quelques centimètres de l'arbre et tourne sa tête vers Brooke en la regardant d'un air provocateur.

Brooke fronce les sourcils en guise d'avertissement.

– Même pas dans tes rêves, Limbo !

CHAPITRE 26

À deux jours de Noël seulement, les habitants de Savannah Bay ont envahi le centre commercial et courent dans tous les sens, à la recherche des derniers cadeaux manquants inscrits sur leur liste. Pour certains, c'est un plaisir ; pour d'autres, un calvaire ; puis il y a une troisième catégorie : ceux qui n'en ont rien à faire et qui achètent rapidement les derniers gadgets réduits à 50 %. Aller hop ! Dans le panier, on passe à la caisse, affaire réglée.

C'est aussi pendant la période des fêtes—tout comme à la Saint-Valentin—que les vendeuses de Perles & Satin voient plus d'hommes que de femmes entrer dans le magasin de lingerie pour y faire des achats. L'équipe est débordée, la boutique ne désemplit pas. Suzie reste derrière la caisse, devant laquelle s'est formée une longue file d'attente, pendant que Brooke et Madison arpentent continuellement le magasin pour aider les clients, faisant des allers et retours fréquents vers l'arrière-boutique pour y chercher des articles.

Alors qu'elle aide un jeune homme stressé à choisir le premier négligé qu'il va offrir à sa petite amie, Brooke aperçoit Alanza par la vitrine, devant le magasin de vêtements qui fait face à la boutique de lingerie. Pourvu que cette vipère ne vienne pas mettre les pieds ici ! Supplie-t-elle dans sa tête. Par pitié, pas aujourd'hui !

Le jeune client pose des questions à Brooke qui lui répond aimablement tout en jetant des regards anxieux vers Alanza. Puis, soudain, elle perd totalement sa concentration. En quelques secondes seulement, l'anxiété fait place au choc, puis à la peine, et à la colère.

Alex vient de rejoindre Alanza. Elle pose une main sur son épaule, se penche vers lui et… l'embrasse ! Sur les lèvres ! Est-ce qu'elle a bien vu ? Brooke reste plantée devant la vitrine, en choc.

– Madame ? Pensez-vous que je devrais prendre le bleu ou le rose ? demande le jeune homme à Brooke qui ne répond pas. Madame ? insiste le client.

Brooke tourne sa tête vers lui et fait de son mieux pour dissimuler son agacement.

– Eh bien, vous la connaissez mieux que moi, votre petite amie. À votre avis, quelle couleur préférerait-elle ?

Le jeune homme regarde le plafond du magasin et semble faire un effort magistral pour trouver la réponse, comme si Brooke lui avait demandé de résoudre un problème complexe de mathématiques.

À court de patience, Brooke fait une suggestion.

– Si je me souviens bien ce que vous m'avez dit, votre petite amie est blonde, n'est-ce pas ?

Le jeune homme confirme en hochant la tête.

– Alors prenez le rose. Rose poudré, ça va très bien aux blondes.

– Ah ? répond simplement le jeune homme qui semble encore hésiter en regardant les deux négligés suspendus sur les cintres.

– Je ne sais pas… J'hésite… Et si je prenais les deux ?

Et si tu prenais une décision ? hurle Brooke dans sa tête. Elle a envie de faire du papier mâché de ce client qui lui pose des questions depuis une heure. Elle force un sourire.

– Bien sûr, c'est encore mieux. Votre petite amie sera

deux fois plus contente !

Brooke prend les négligés et se dirige vers la caisse à la hâte, pour ne pas laisser au jeune client le temps de changer d'avis. Elle jette un regard bref en direction du magasin de vêtements. Alanza et Alex ont disparu.

Brooke dépose les négligés sur le comptoir de la caisse et fait signe à Suzie que ces articles sont destinés au jeune homme qu'elle vient de servir. Puis elle se rue dans l'arrière-boutique pour aller se cacher dans les toilettes. Elle claque la porte et la verrouille.

– Mais quelle idiote, Brooke Farley, quelle idiote ! hurle-t-elle, sachant très bien que la musique diffusée dans le magasin et le brouhaha des clients masquent sa voix. Tu t'es bien fait avoir sur ce coup-là ! Qu'est-ce que tu croyais ?

Maintenant, tout est clair pour Brooke. C'est la revanche d'Alanza qui lui en veut toujours depuis le lycée de lui avoir soi-disant 'piqué' son Jessie, et Alex s'est bien foutu de sa gueule en jouant le mec intéressé et attentionné. Il lui fait encore payer cet accident de voiture !

– Eh bien qu'ils passent Noël ensemble, ces deux-là ! Après tout, ils sont parfaits l'un pour l'autre !

Et elle se met à pleurer.

CHAPITRE 27

Une tonne de mouchoirs en papier roulés en boule forme une montagne au pied du lit de Brooke, et à chaque fois qu'elle jette un nouveau mouchoir usagé sur la pile, Limbo se précipite dessus pour l'attraper.

Brooke est assise dans son lit, son ordinateur portable sur les genoux, les yeux rouges, et le nez reniflant. Elle vient de regarder sur Netflix tous les films et séries adaptés des livres de Jane Austen. Raison et sentiments, Mansfield Park, Orgueil et préjugés… La liste est longue.

Elle prend son verre de vin rouge posé sur la table de nuit, avale une gorgée, et commence une autre recherche pour se replonger le plus vite possible dans une autre romance dramatique. Ou devrait-elle plutôt regarder un thriller ? Peut-être qu'un petit crime lui ferait du bien ? Non. Elle préfère rester dans les histoires d'amour dramatiques. Elle sélectionne Emma l'entremetteuse, avec Gwyneth Paltrow.

Le film commence lorsqu'elle reçoit un SMS d'Alex qui lui demande comment elle va. Elle ignore le message pendant un moment, mais incapable de se concentrer sur le film, elle prend son téléphone et rédige un message :

Va te faire foutre, connard !

Brooke hésite. Devrait-elle envoyer ce SMS ? Elle est très tentée de le faire, mais elle se met à grogner de rage et efface le texte qu'elle vient d'écrire. Elle repose le téléphone sur le lit et essaie de se concentrer sur le film. Mais bien sûr, elle en est incapable. Elle reprend le téléphone et rédige un second message :

C'est étonnant d'avoir de tes nouvelles, étant donné que je t'ai vu embrasser la pouffiasse aujourd'hui !

L'index de Brooke plane dangereusement au-dessus de la petite flèche d'envoi du SMS. Très tentant. Va-t-elle envoyer celui-ci ? Elle relit le texte une quinzaine de fois et se met à hurler.

– Et merde de merde de merde de merde ! crie-t-elle.

Limbo, qui était enfoui sous la pile de mouchoirs, redresse son cou et pointe sa tête en direction de Brooke, se demandant ce qui se passe.

Tout en grognant, Brooke efface le texte rapidement.

– Calme-toi, Brooke, calme-toi ! Ou tu envoies un texte civilisé, ou tu n'envoies rien. Ne lui fais pas ce plaisir de penser que tu es une folle hystérique, en colère, et amoureuse de lui. Si tu envoies un SMS de ce genre, tu le regretteras plus tard.

Un second SMS d'Alex arrive :

Ah, au fait, j'ai trouvé une solution pour la dinde !

Brooke hurle de rage. Limbo court se cacher sous le lit. Elle tape une réponse à toute vitesse :

Tu sais où tu peux t'la fourrer, ta grosse dinde ???

Cette fois-ci, le doigt de Brooke est vraiment sur le point d'envoyer le SMS. Mais tout à coup, Limbo bondit sur le lit, surprenant Brooke qui échappe son téléphone portable qui tombe à terre.

– Arrrghh !!! hurle Brooke en s'allongeant sur le lit. Elle ferme les yeux et se met à pleurer. Limbo s'approche de sa tête et la regarde un moment, puis il tapote son visage avec sa patte. Doucement d'abord, puis un peu plus fort quand il voit que Brooke ne réagit pas, comme pour lui donner des claques.

Brooke se redresse dans le lit subitement, Limbo sursaute.

– C'est bon, j'ai compris ! Arrête de me frapper ! Brooke ramasse son téléphone et efface le dernier message qu'elle s'apprêtait à envoyer à Alex.

– On va être poli mais ferme, hein, Limbo ?

Limbo regarde Brooke, intrigué, se demandant quelle prochaine bizarrerie elle va faire.

Brooke tire deux autres mouchoirs de la boîte, essuie ses larmes, mouche son nez, inspire profondément, et relâche l'air de ses poumons en soufflant doucement. Elle rédige un autre texte :

Désolée, mais je ne passerai pas Noël avec toi. Et tu sais pourquoi.

Brooke envoie le SMS immédiatement. Elle se sent soulagée et repose le téléphone sur le lit. Elle reprend le visionnage d'Emma l'entremetteuse. Mais quelques secondes plus tard, un autre SMS arrive. C'est encore Alex :

Et pourquoi ? Non, je ne sais pas. Là, il faut que tu m'éclaires ! Qu'est-ce qui se passe ?

Brooke hurle de rage en enfouissant sa tête dans son oreiller et en tapant des poings sur le lit. Effrayé, Limbo quitte la pièce en courant. Devrait-elle répondre à ce message ? Non, elle est épuisée, elle en a marre. Que cet Alex lui foute la paix. Elle ne répondra rien. Mais elle rédige un autre SMS qu'elle envoie à Kate :

Changement de plan : je passerai Noël avec toi, Colin et les clients au Whispers Café. On se parle plus tard.

Brooke envoie le SMS, et quelques secondes plus tard, le téléphone sonne. C'est Kate. Mais Brooke n'a vraiment pas envie de parler. Pas maintenant. Elle rejette l'appel. Kate laisse un message sur la messagerie. Elle l'écoutera plus tard.

Le téléphone sonne encore. Brooke râle en prenant le téléphone, pensant que c'est Kate qui insiste, mais cette fois-ci, c'est Alex qui appelle. Brooke rejette aussi son appel, éteint son téléphone et le range dans le tiroir de la table de nuit.

– Voilà ! dit-elle en se réinstallant confortablement dans le lit. Puis elle entend un gros bruit venir du salon. Quelque chose vient de tomber. Elle fronce les sourcils, se demandant ce qui se passe, puis elle ferme les yeux en soupirant. Elle vient de comprendre.

– Limbo ! Pas le sapin ! Combien de fois je t'ai dit : PAS LE SAPIN ! crie Brooke en sortant du lit à toute vitesse pour courir vers le salon.

CHAPITRE 28

Kate pousse son charriot à moitié plein dans une allée du supermarché de Savannah Bay. Elle a dû insister pour convaincre Brooke de quitter son appartement, en prétextant qu'elle avait besoin d'aide pour faire ses courses de Noël. Mais Kate veut surtout savoir ce qui s'est passé entre Alex et elle.

Les clients ont du mal à avancer dans les rayons achalandés avec leurs gros charriots remplis au maximum. À J-1 de Noël, tout le monde se jette frénétiquement sur les articles à prix réduits. Les mains attrapent des paquets de nourriture par piles ; les pieds accélèrent le rythme pour se rendre au plus vite dans l'allée suivante ; et les pauvres employés aux caisses ne voient pas la fin des files d'attente.

– Alors, raconte, que s'est-il passé avec Alex ? demande Kate à Brooke, en mettant plusieurs sacs de petites guimauves de toutes les couleurs dans le charriot.

– Ce salaud a embrassé Alanza ! fulmine Brooke en se tenant à côté du charriot, les bras croisés.

– Comment ça, il a embrassé Alanza ? Quand ? Tu les as vus ?

– Pff ! Bien sûr que je les ai vus ! Et en plus, je suis sûre qu'ils en ont fait exprès ! C'était samedi dernier, quand je travaillais au magasin. J'ai d'abord vu Alanza devant le magasin de vêtements en face de Perles & Satin. Et qui vois-je arriver quelques minutes plus tard ? Alex ! Et que font-ils ? Ils s'embrassent ! Sous mon nez !

Kate fronce les sourcils. Même si elle ne connaît pas beaucoup Alex, ça l'étonne de lui. L'homme n'est pas idiot à ce point.

– Es-tu sûre qu'il a embrassé Alanza ?

Brooke roule des yeux.

– Kate ! Je ne suis ni idiote, ni aveugle ! Je les ai vus, là, sous mon nez, à me narguer. Oui, ils se sont embrassés. Il s'est bien foutu de ma gueule, celui-là !

Kate pince ses lèvres en regardant une grande boîte d'assortiment de chocolats.

– Hmm… En effet, pas cool, cette affaire… Elle repose la boîte sur son étagère et se tourne vers Brooke. Peut-être qu'il y a une explication ? Ou que c'est un malentendu ?

– Non, mais tu plaisantes ? rétorque Brooke, un peu trop fort. Quelques clients se tournent vers elles, intrigués, pensant qu'elles se disputent.

– Moins fort, Brooke, dit Kate en faisant un geste avec ses mains pour que son amie baisse le ton. Je comprends que tu sois fâchée, mais est-ce que tu as dit à Alex que tu l'avais vu ? Lui as-tu demandé des explications ?

– Alors là, certainement pas ! Je lui envoyé un SMS pour lui dire que je ne passerai pas Noël avec lui et qu'il savait très bien pourquoi. Point barre.

Kate et Brooke arrivent au rayon des surgelés.

– Ah mince, plus de saumon fumé ! dit Kate en ouvrant la porte d'un comptoir réfrigéré. Noël sans mes petits canapés au saumon fumé, c'est pas Noël, dit-elle d'un air déçu.

Brooke attrape un gros paquet de harengs fumés surgelés.

– Prends des harengs fumés à la place.

Et elle balance le paquet dans le charriot.

Kate regarde Brooke en se demandant si elle plaisante.

– On ne fait pas des canapés de harengs fumés, Brooke. En tout cas, pas ici, et pas pour Noël.

Brooke hausse les épaules.

– Kate, chaque année tu offres un repas de Noël aux clients du café qui n'ont pas les moyens de fêter Noël. Saumon fumé ou harengs fumés, ça reste du poisson fumé offert par la maison. Personne ne va se plaindre.

Kate enlève la boîte de harengs fumés surgelés du charriot et la remet dans le comptoir réfrigéré.

– Si ça ne te dérange pas, je vais prendre des crevettes à la place… Bon, et quand tu as envoyé ce SMS à Alex, qu'a-t-il répondu ?

Brooke échappe un petit rire nerveux.

– Qu'il ne savait pas de quoi je parlais, bien sûr !

– Tu lui as expliqué ? demande Kate.

Brooke fusille son amie du regard.

– Non, mais tu rigoles ? Je ne vais quand même pas lui expliquer ce qu'il sait déjà ! 'Faut pas m'prendre pour une conne !

Un couple de personnes âgées et une mère accompagnée d'un petit enfant se tournent vers elles, l'air offusqués.

– Excusez-nous, dit aussitôt Kate en leur souriant. Mon amie a un petit problème, mais tout va bien. Kate se tourne vers Brooke. Calme-toi ou on va se faire virer par la sécurité, et tu risques de te faire repérer après ta bataille de sapin au centre commercial. Si ça continue, tous les magasins vont refuser de te laisser entrer !

Brooke pouffe de rire nerveusement.

– Comme s'ils n'ont que ça à faire, aujourd'hui, la sécurité, de virer une personne parce qu'elle vient de prononcer le mot co—

– C'est bon, c'est bon ! la coupe Kate à temps. Écoute, je comprends que tu sois fâchée et blessée, mais je trouve cette histoire bizarre. J'ai du mal à croire qu'Alex fasse une chose aussi stupide et immature, juste pour t'embêter. Ça n'a pas de sens. Vraiment, tu ne trouves pas ça bizarre ?

– Non. Je pense qu'Alanza se venge à cause de cette affaire avec Jessie, depuis le lycée, qu'elle ne me pardonnera jamais… Bon, et peut-être aussi parce qu'on s'est infiltrées chez elle incognito.

Kate se tourne vers Brooke, affolée.

– Quoi ? Elle sait que j'étais avec toi ? Mon dieu, je m'en veux encore de cette soirée. Quelle honte… On n'aurait jamais dû faire ça !

– Calme-toi, répond Brooke. Elle pense que j'étais seule. En tout cas, moi, je ne regrette pas d'être allée chez elle. Et si c'était à refaire, tu peux être sûre que je prendrais une paire de ciseaux avec moi et que je m'amuserais comme une petite folle à découper sa garde-robe de princesse en milliers de morceaux, jusqu'à la moindre petite culotte, et je donnerais ses chaussures à bouffer à son chien ridicule et affreux.

Brooke mime les actes qu'elle décrit tout en parlant, agitant ses mains dans les airs comme des ciseaux.

Une cliente du magasin passe à côté d'elle en la regardant d'un air consterné.

– Ne remets pas les pieds chez Alanza, Brooke. On a eu de la chance que le système de sécurité ne se déclenche pas. Elle aurait pu porter plainte. On s'en tire bien.

L'air renfrogné et les bras toujours croisés sur sa poitrine, comme une gamine qui boude, Brooke suit Kate en marmonnant des choses incompréhensibles.

– Et tout ça pour une bombasse pleine de fric ! s'écrie-t-elle.

Kate s'arrête, gelée par la honte, les yeux écarquillés. Tous les regards sont tournés vers elles.

Brooke ne remarque rien. Elle est concentrée sur une petite pile de boîtes de conserve placée sur un étalage au rayon Gastronomie Internationale.

– Des escargots en boîte ? Non, mais qui bouffe des escargots ? Sérieusement ? Et en plus, pour Noël ??? C'est dégueulasse ! Même Limbo ne mangerait pas ça !

Kate ferme les yeux. Elle rêverait de disparaître à cet instant précis. Elle non plus ne comprend pas comment on peut manger des escargots, mais Brooke est en train de la rendre folle et de l'humilier en public. Elle doit trouver une explication à cette histoire bizarre avec Alex.

Est-ce un terrible malentendu, ou est-ce possible qu'Alanza et Alex prennent un malin plaisir à jouer un mauvais tour à Brooke ?

CHAPITRE 29

C'est la veille de Noël au Whispers Café où règne dans l'air la même effervescence qui s'est répandue partout en ville. Des odeurs envoûtantes de chocolat chaud et de thé épicé se mêlent aux effluves du grand sapin placé près de la cheminée, et les clients semblent s'être habitués aux conditions météorologiques exceptionnelles. Finalement, ils l'aiment bien cette neige, et ils se trouvent chanceux de pouvoir fêter un vrai Noël blanc à Savannah Bay.

Comme tous les vendredis soir, les quinze membres du club des écrivains amateurs sont regroupés autour des tables placées le long des fenêtres du café. Ils ont commencé leur séance de lecture à voix haute, un travail de critique toujours redouté par les auteurs qui soumettent leur travail au groupe. Un moment délicat qui peut déclencher des discussions mouvementées, des cris et des pleurs, des abandons, et même—comme cela est arrivé une fois—un débat à coups-de-poing.

Alex est assis dans un fauteuil en face de la cheminée et lit un magazine, distraitement. À chaque fois que la porte du café s'ouvre, il redresse le haut de son corps immédiatement pour voir qui entre. Et après avoir vérifié qui est entré, il a l'air déçu et reprend sa position dans le fauteuil.

Kate et Colin s'affairent derrière le comptoir pendant qu'une dizaine de clients attendent de se faire servir, et quand elle en a l'occasion, Kate jette un œil à Alex qui semble attendre quelqu'un, mais qui ?

– Colin, après ce client, peux-tu amener ces biscuits à Alex ? Je vais m'occuper des autres clients. J'ai besoin d'infos, si tu vois ce que je veux dire…

Colin prend un air renfrogné.

– Ah, non ! Et pourquoi c'est toujours moi qui doit aller à la pêche ? proteste-t-il.

Kate lui offre un beau sourire.

– Parce que c'est toi qui possèdes ce talent incroyable de pouvoir faire parler les gens.

Colin ne bronche pas.

– S'il te plaît, mon employé préféré, supplie-t-elle en papillonnant des cils.

Colin croise ses bras et fixe Kate du regard en plissant les yeux.

– Kate, tu n'as pas d'autre employé !

– Eh bien, c'est la preuve que tu es le meilleur, non ? S'il te plaît, Colin.

Kate prend un air désespéré.

– Incroyable ! répond Colin, exaspéré, en regardant le plafond. Il prend l'assiette de biscuits que lui tend Kate.

– Et quelles 'infos' suis-je supposé ramener, cette fois-ci ?

– J'ai besoin de savoir si Alex sort avec Alanza ; pourquoi il est si stressé chaque fois que la porte s'ouvre ; s'il attend quelqu'un, et qui ; et s'il pense à Brooke.

Colin roule des yeux.

– C'est pas un café que tu aurais dû ouvrir, Kate ! Entre ton obsession pour l'espionnage et mes talents d'interrogateur, tu aurais dû créer une agence de détective privé, dit-il sur un ton narquois. Puis il se dirige vers Alex pour accomplir sa mission, tout en rechignant.

Pendant que Colin soumet Alex à un interrogatoire

cordial, mais précis, Kate accélère la vitesse derrière le comptoir. Une quinzaine de minutes plus tard, son employé revient avec l'assiette de biscuits, toujours pleine. Kate fait une grimace.

– Est-ce qu'il a parlé ? demande-t-elle, anxieuse.

– Non. Je suis resté planté là-bas pendant quinze minutes, à côté de lui, en silence, à porter une assiette avec des biscuits, sans rien faire. Tout ce qu'il y a de plus normal.

– Très drôle, Colin… Alors ?

– Alors : non, Alex ne sort pas avec Alanza. En tout cas, quand je lui ai dit que je pensais que c'était le cas, il m'a regardé de travers comme si j'étais cinglé en me demandant où j'avais eu cette idée. Il n'attend personne, en tout cas, c'est ce qu'il prétend, mais mon flair d'investigateur me dit qu'il attend quelqu'un, mais qu'il ne voulait pas me dire qui, parce qu'il continuait à surveiller la porte pendant que je lui parlais. Il avait l'air nerveux. Pour ce qui est de Brooke, l'approche fut plus délicate. Quand j'ai évoqué son nom, j'ai récolté un silence lourd et un regard vers le sol. Maintenant, c'est à toi, madame l'Enquêtrice-entremetteuse, de tirer des conclusions de ce rapport.

– Merci beaucoup, agent Colin, répond Kate en donnant à son employé un bon 'hug' à la canadienne. On n'a plus de file d'attente devant le comptoir, alors je double ton temps de pause. Va te reposer, dit-elle en lui faisant un clin d'œil.

Colin ne se fait pas prier et se dirige vers la cuisine en prenant avec lui l'assiette de biscuits qui était destinée à Alex.

– J'aurais préféré que tu doubles mon salaire ! lance-t-il d'un ton goguenard.

Tout à coup, des sanglots s'élèvent dans le café. Un membre du club des auteurs amateurs prend son cahier et son manteau, et quitte le café à la hâte en claquant la porte. Un silence embarrassant règne autour des tables occupées par les écrivains qui sont maintenant au nombre de quatorze. Ils ont commencé l'année à vingt. Probablement un processus d'élimination naturelle chez les écrivains, se dit Kate… Puis elle se tourne vers Alex. Il regarde le feu de la cheminée en frottant ses mains nerveusement.

C'est la veille de Noël, et il n'y a pas de Noël sans miracle, se dit Kate. Alors elle verse rapidement du café dans une tasse et va s'asseoir près d'Alex.

CHAPITRE 30

Brooke aide Kate à sortir du four la dinde farcie de neuf kilos qui a cuit pendant près de cinq heures. Les avant-bras protégés par des mitaines qui leur arrivent aux coudes, elles se précipitent vers l'îlot au centre de la cuisine pour y déposer le gros plat à rôtir, tout fumant.

– Oh, mon dieu ! Mais comment tu fais pour cuisiner un monstre pareil ? demande Brooke en regardant l'énorme dinde, les yeux écarquillés.

– Avec beaucoup de patience et d'expérience ! répond Kate. Je peux te dire que j'en ai raté, des dindes. Des pas assez cuites, des trop sèches, des brûlées… J'ai tout fait ! C'est comme ça qu'on apprend à cuire une dinde : en ratant toutes les autres avant de réussir enfin la bonne !

Brooke prend un grand couteau à viande et s'apprête à découper la pauvre dinde, mais elle s'arrête en regardant la volaille avec désarroi, ne sachant par où commencer. Kate rigole et lui enlève le couteau des mains, d'une manière assurée.

– Ça aussi, ça demande de la pratique, ma chère. Mets donc les légumes dans les assiettes.

Ravie de ne pas avoir à faire le sale travail, Brooke se dirige vers la quarantaine d'assiettes empilées au bout du comptoir. Elle prend la première assiette en haut de la pile et la remplit de pommes de terre sautées et de purée de carottes, puis elle la tend à Kate pour qu'elle y ajoute un morceau de dinde et une petite louche de sauce aux canneberges. Brooke prend l'assiette suivante en s'assurant qu'elle y dépose la même quantité de légumes.

Colin passe sa tête par la porte de la cuisine.

– Mise à jour : il y a déjà une cinquantaine de personnes dans le café, et je pense que d'autres personnes vont se joindre à nous, alors allez-y mollo avec les portions.

Colin disparaît.

– Aïe… dit Kate en se pinçant les lèvres, tout en regardant la dinde et les plats de légumes.

– Ne t'inquiète pas, Kate, la rassure Brooke. Il y aussi les salades, le pain, les fromages, les desserts... Il y a de quoi manger. Ce sera un repas de Noël parfait.

Les deux amies accélèrent le rythme, chargent plusieurs assiettes sur deux charriots et font un premier voyage vers le café.

Kate sourit en voyant les visages heureux des clients. Les conversations vont bon train, des rires fusent, on entend les cliquetis de verres de vin qui se cognent.

Colin baisse le volume de la musique pour prendre la parole.

– Et voici notre délicieux repas de Noël ! dit-il avec joie. S'il vous plaît, applaudissez nos chefs, les merveilleuses Kate Parker et Brooke Farley !

Tout le monde se tourne vers les deux femmes pour les applaudir chaleureusement. Kate et Brooke se regardent du coin de l'œil, avec embarras et une pointe de fierté. Elles font un petit signe de remerciement de la tête et commencent à distribuer les assiettes. Colin remonte le volume de la musique puis se joint à Kate et Brooke pour les aider, tout en fredonnant avec Frank Sinatra le premier couplet de White Christmas.

La grappe de clochettes accrochée au-dessus de la porte d'entrée du café s'anime pour annoncer l'arrivée de quelqu'un. Isobel franchit le pas de la porte. Kate et Brooke sont surprises en la voyant, mais elles ne disent rien à Colin qui a le dos tourné à la porte.

La jeune fille marche en direction de Colin et s'arrête juste derrière lui.

– Bonsoir, Colin, dit Isobel timidement.

Colin reconnaît cette voix. Il se retourne, lentement, une assiette pleine dans les mains.

– Oh, Isobel, bonsoir. Que fais-tu ici ? Est-ce que le groupe de tricot va—

Isobel coupe Colin.

– Non, le groupe de tricot ne vient pas ce soir. Je suis seule. C'est toi que suis venue voir.

Colin est surpris et rougit.

– Moi ?

– Oui, toi. Tout d'abord, je voudrais te présenter mes excuses, dit Isobel.

– Des excuses ? Mais pourquoi ?

– Parce que depuis que tu as eu le courage de me lire ta lettre devant tout le monde, je t'ai évité.

– Tu n'as pas à me présenter des excuses, Isobel. Quand j'ai décidé de te lire cette lettre devant tout le monde, je savais que je prenais le risque de me rendre ridicule. Mais j'y avais bien réfléchi, et je pensais que le risque en valait la peine. Que *tu* en valais la peine.

– Oui, mais je ne t'ai pas dit à quel point je t'ai trouvé admirable et courageux. Depuis, je dois avouer que je me sens honteuse. C'est pour ça que je suis là ce soir, pour te dire que ton geste et tes mots ne m'ont pas laissée indifférente.

Colin regarde autour de lui.

– Mark n'est pas avec toi ?

Isobel sourit.

– Non, Mark n'est pas avec moi.

– Ah, répond Colin sur un ton faussement désintéressé. Je pensais que vous étiez ensemble. Que vous partagiez la même passion du…tricot ?

Isobel échappe un petit rire.

– Disons que Mark n'était pas très talentueux pour le 'tricot'. De plus, j'ai vite compris qu'il avait beaucoup d'intérêts passagers... C'était d'ailleurs probablement son seul talent, collectionner les passions éphémères.

– Ah ? répond Colin en cachant sa joie. As-tu rencontré un autre 'tricoteur' depuis ?

– Non. Mais j'ai réalisé que je connaissais un type épatant. Un drôle de gars que j'ai sous les yeux tous les lundis depuis un an quand je viens ici avec le groupe de tricot.

La gorge de Colin se noue.

– Ah ?

– Et je me suis dit qu'il était temps que je m'intéresse à lui. Après tout, ce n'est pas tous les jours qu'un jeune homme se met à genoux en public pour faire une déclaration d'amour. À moins que ce soit son 'tricot' à lui, et qu'il fasse cette déclaration régulièrement à d'autres clientes du café ?

Colin secoue énergiquement la tête.

– Oh, non, non, non ! Ce type ne cultive aucune autre passion. D'ailleurs, il n'en a pas développé d'autre depuis sa déclaration publique.

Kate s'approche d'eux et leur tend deux assiettes pleines.

– Et si vous arrêtiez de parler en énigmes et figures de style, vous deux ? Allez vous assoir à une table et parlez-vous normalement. Joyeux Noël ! leur dit-elle en souriant.

Colin est aux anges. Il n'en revient pas. Il suit Isobel qui se dirige vers une table et se retourne rapidement vers Kate pour lui envoyer un regard du genre « Mais qu'est-ce qui se passe ??? »

Ravie et attendrie, Kate lève un pouce victorieux et envoie un clin d'œil à Colin.

– Ça, ça s'appelle un miracle de Noël, dit Brooke en donnant un petit coup de coude à Kate. Tu y es pour quelque chose ?

– Moi ? Absolument pas, répond Kate. Parfois, l'univers fait les choses tout seul, et ça donne de beaux résultats comme celui-là !

– On fait un deuxième service ? demande Brooke d'un ton enjoué.

Kate acquiesce et suit Brooke avec son charriot vide en direction de la cuisine. Elle sourit en remarquant que Brooke ne peut s'empêcher de jeter un coup d'œil à la maison de Dorothy, de l'autre côté de la rue. Quelques fenêtres de la maison sont allumées.

– Est-ce que tu penses à Alex ? lui demande Kate, pendant qu'elles chargent les charriots avec une nouvelle tournée d'assiettes.

– Pas du tout ! répond-elle aussitôt. J'ai autre chose à faire que de penser à un menteur qui s'est moqué de moi. Ça ne vaut pas la peine qu'on parle de lui.

– OK, pas de problème, répond Kate avec un petit sourire en coin.

Et quelques minutes plus tard, elles retournent dans le café avec les charriots pleins. Brooke s'arrête net lorsqu'elle voit Alex au milieu de la pièce. Il est debout, en face d'elle, et la regarde fixement.

Brooke se tourne vers Kate.

– Est-ce que c'est toi qui l'as invité ? murmure-t-elle, d'un ton sec.

– Continue à pousser ton charriot, lui répond Kate discrètement. Et souviens-toi : c'est Noël, alors pas de bataille de sapin ni de lancer d'assiettes, SVP.

Brooke lance un regard noir à Kate qui s'éloigne rapidement avec son charriot de l'autre côté de la pièce, et elle commence à distribuer des assiettes aux clients autour d'elle tout en ignorant Alex. Il se dirige vers elle.

– Bonsoir, Brooke.

– Je suis occupée, répond Brooke, agacée. Elle tourne le dos à Alex, mais il se plante devant elle.

– Très bien, alors je vais t'aider.

Alex prend les deux assiettes que Brooke tient dans ses

mains et les donne à des personnes autour de lui.

– Je n'ai pas besoin de ton aide, lui dit Brooke en le fusillant du regard.

– Au contraire, je pense que oui, répond Alex.

Brooke souffle en regardant le plafond d'un air exaspéré.

– C'est le comble ! Moi, besoin d'aide ? Va plutôt aider ta—

Brooke s'arrête avant de prononcer un mot qu'elle va aussitôt regretter.

– Pourquoi tu n'es pas avec Alanza ?

– Et pourquoi je serais avec Alanza ? lui demande Alex en continuant à distribuer des assiettes.

– Non, mais tu te moques de moi, ou quoi ? répond Brooke en s'efforçant de ne pas hurler. Arrête ton petit jeu, je ne trouve pas ça drôle. Je vous ai vu tous les deux vous embrasser.

– Ah, c'est donc ça !

– Oui, 'ça', répond Brooke. Tu sais, c'est juste un petit détail de rien du tout !

Elle donne deux assiettes à un homme, sans même le regarder.

– J'ai droit à deux assiettes ? s'étonne le client.

Brooke le regarde et secoue la tête.

– Non, désolée… Et elle reprend une assiette.

– C'est Alanza qui m'a embrassé. Nuance, dit Alex.

Brooke émet un petit rire forcé.

– Mais bien sûr, j'aurais dû y penser ! Pauvre Alex qui se fait agresser par Alanza ! Ça a dû être très pénible pour toi.

Alex regarde Brooke en souriant.

– Tu es jalouse.

Brooke écarquille les yeux.

– Moi, jalouse ? *Tu* embrasses Alanza juste en face du magasin où je travaille, sous mes yeux, et *tu* m'accuses d'être jalouse ! Elle est bien bonne celle-là ! Tu crois quand même pas que je suis jalouse d'une pétasse-bimbo bourrée de fric qui doit avoir les seins gonflés à la silicone !

Cette fois-ci, ce sont les yeux d'Alex qui sont écarquillés, mais Brooke a mal choisi son moment pour élever la voix. La playlist de Noël vient tout juste de s'arrêter. Tous les clients du café sont tournés vers elle, le regard pétrifié.

Kate se rue derrière le comptoir pour lancer une nouvelle playlist. La musique repart. Brooke court vers la cuisine, poursuivi par Alex.

– Laisse-moi tranquille, Alex ! dit Brooke.

– Non, je ne vais pas te laisser tranquille, Brooke. Je t'ai dit que je n'ai pas embrassé Alanza. Tu ne veux pas écouter mes explications ?

Brooke croise les mains sur sa poitrine.

– Puisque tu insistes, vas-y. Je sens que ça va être divertissant !

– Je suis allé au centre commercial ce jour-là car je voulais t'acheter un cadeau de Noël.

Brooke resserre ses bras en faisant la moue.

– Puis j'ai croisé Alanza. Je suis allé la saluer, parce que je la connais, et que je suis poli.

Brooke a un petit sourire en coin et penche sa tête sur le côté.

– Et elle m'a embrassé sur la bouche par surprise, tout s'est passé vite, je n'ai pas eu le temps de réagir, il était trop tard.

– Oh, mon dieu, que c'est horrible cette histoire ! Mais dis-moi, Alex, je sais bien qu'Alanza a tendance à sauter sur tout ce qui bouge, mais peux-tu m'expliquer pourquoi elle s'est sentie aussi à l'aise de t'embrasser sur la bouche, en public ?

Alex remarque avec appréhension le grand couteau à viande laissé sur l'îlot au centre de la cuisine. L'explication qui va suivre étant plus délicate à livrer, devrait-il se saisir du couteau pour le ranger ? Il racle sa gorge.

– Alors… Comment dire…

Brooke regarde Alex avec un sourire narquois.

– J'ai vraiment hâte d'entendre ça !

– Bon, OK, d'accord : Alanza et moi, on a…un peu couché ensemble, dit Alex en faisant une grimace.

Brooke reste bouche bée pendant quelques secondes, puis elle se met à hurler.

– J'EN ÉTAIS SÛRE ! Je ne veux plus te voir !

Elle se dirige vers la porte pour retourner vers le café, mais Alex la retient par le bras.

– Lâche-moi tout de suite ! crie-t-elle.

– C'est arrivé une seule fois !

Brooke le regarde en plissant des yeux.

– OK… Deux fois, mais c'est tout, promet Alex. Juste deux fois ! Et c'était avant que toi et moi sortions ensemble !

Brooke libère son bras de l'étreinte d'Alex d'un coup sec.

– J'ai une bonne nouvelle pour toi, Alex : tu peux ajouter une troisième fois et autant de fois que tu veux à ton palmarès de coucheries avec Alanza, je m'en fous !

Brooke retourne vers le café, poursuivi par Alex. Il la rattrape et la prend par la main.

– Brooke ! Arrête ! Tu ne comprends pas que je me fous complètement d'Alanza ? Tu crois vraiment que j'ai envie d'être avec une femme superficielle et manipulatrice ? Oui, Alanza est superbe, mais je n'ai pas envie de passer ma vie avec une femme seulement parce qu'elle est belle. Alanza n'a rien à offrir à personne. Alanza n'aime qu'une personne : Alanza… Ou peut-être Frodo, son chien affreux ? dit-il en faisant une drôle de grimace.

Brooke ne peut s'empêcher de rire, mais elle fuit le regard d'Alex. Il se rapproche d'elle et la serre contre lui.

– Brooke Farley, est-ce que tu as entendu ce que je viens de dire ?

Brooke regarde Alex de travers.

– Bon, alors je vais le répéter, si tu as manqué ce bout de phrase important : je n'ai pas envie de passer ma vie avec Alanza. Je veux passer ma vie avec *toi.*

Brooke regarde Alex en rougissant.

– Ah, et je vais avoir besoin de quelqu'un pour m'aider à gérer le bed-and-breakfast, continue-t-il. Quelqu'un qui s'y connaît en service à la clientèle, comme…toi, par exemple ?

– Moi ? demande Brooke, étonnée.

– À moins que tu ne veuilles continuer à travailler chez Perles & Satin toute ta vie, où tu croiseras souvent qui tu sais.

Brooke secoue la tête.

– Non, non ! Tu sais bien que le bed-and-breakfast, c'est mon rêve !

– Alors, je pense que la personne idéale pour m'aider à gérer Chez Dorothy, ce sera toi.

– Tu vas l'appeler Chez Dorothy ? demande Brooke, émue, les larmes aux yeux.

– Et quel autre nom veux-tu que je lui donne ? lui demande Alex en souriant. Il penche sa tête vers Brooke et commence à l'embrasse passionnément, mais il est interrompu par la lumière d'un flash.

Kate est à leurs côtés, son téléphone portable dans les mains, pointé sur eux.

– Et voilà ! Couple numéro 6 ! dit-elle fièrement avec un grand sourire. Quand je l'aurai imprimée, cette photo ira directement sur mon frigo rejoindre les autres !

Brooke regarde Kate en lui faisant les gros yeux.

– Kate ! Est-ce que c'est toi qui as demandé à Alex—

– Mais bien sûr que c'est moi ! Qu'est-ce que tu crois ? Allez, maintenant venez danser avec nous ! C'est ma chanson de Noël préférée qui joue !

Kate tire Brooke et Alex par les mains vers le centre du café. Colin monte le volume de la musique et invite Isobel à danser avec lui. Tous les clients du café les rejoignent progressivement en les suivant en file et en chantant joyeusement avec Mariah Carey 'All I Want For Christmas Is You'.

RÉVEILLON DE NOËL 1954

RÉVEILLON DE NOËL 1954

Les membres du club des auteurs amateurs du vendredi soir sont coincés au Whispers Café à cause d'une monstrueuse tempête de neige qui s'est abattue sur Savannah Bay. Un record selon les météorologistes qui déclarent l'événement comme étant une première dans l'histoire de la petite ville pittoresque de la côte ouest du Canada qui voit très rarement des flocons de neige.

La propriétaire du café, Kate Parker, a décidé de prolonger les heures d'ouverture du magasin pour permettre aux clients de rester au chaud jusqu'à ce qu'ils trouvent une solution pour rentrer chez eux. Il est neuf heures passées, les transports en commun sont bloqués, la police et les services de secours sont débordés par les nombreux accidents de voiture en ville. Autant dire que c'est le chaos général.

– Et si l'un d'entre vous nous lisait son histoire ? suggère Gayle, la responsable du club des auteurs.

Les membres du groupe se jettent des regards furtifs et incertains, trahissant leur peur d'être critiqués.

– Un peu de courage ! s'exclame Gayle avec entrain. C'est exactement pour ça qu'on est ici. Il n'y a pas d'auteurs sans lecteurs, en tout cas, pour ce soir, sans auditeurs. Allez, qui se lance ?

Gayle regarde chaque personne assise autour de la table avec un grand sourire, en espérant que quelqu'un va se porter volontaire.

Un homme lève timidement sa main. C'est Georges. La soixantaine, petit, rond, le crâne dégarni, nouvellement arrivé dans le groupe.

Le visage de Gayle s'illumine, et les épaules des autres membres du groupe se relâchent de soulagement. Ils ont évité le pire.

– Très bien Georges ! dit Gayle avec enthousiasme. Merci pour ton courage. Alors, quel est le genre de ton histoire ? Thriller ? Science fiction ? Dystopie ?

Georges sourit.

– Non. C'est conte fantastique de Noël, avec un petit soupçon de romance.

Tous les regards se tournent vers Georges. Les femmes ont l'air étonnées, et les hommes ont un petit sourire en coin.

– Merveilleux ! répond Gayle. Tout le monde est d'accord pour que Georges nous lise son histoire ?

Les auteurs acquiescent d'un mouvement de tête. Puisque Georges a décidé de prendre d'énormes risques en offrant de lire son histoire, autant le laisser se planter tout seul, pensent certains membres.

Kate et Colin arrivent avec des plateaux remplis de tasses de chocolat chaud à la crème fouettée, des assiettes de biscuits au gingembre, et des carrés au beurre et noix de pécan.

– Cadeau de la maison ! dit Kate avec un grand sourire. Et si on se rapprochait de la cheminée ? Il fait un peu froid près des fenêtres, non ?

Les membres du groupe se lèvent aussitôt et prennent leur chaise pour aller s'installer près des fauteuils situés à côté de la cheminée. Une fois tout le monde assis, Kate commence à distribuer les tasses de chocolat chaud pendant que Colin va éteindre la musique qui joue dans le café, puis il rejoint le groupe pour écouter l'histoire.

– Alors Georges, quel est le titre de ton histoire ? demande Gayle.

Avant que Georges n'ait le temps de répondre, un membre du groupe, Daniel, prend la parole.

– J'espère que c'est court, au moins ? Parce que les contes et les histoires d'amour, moi, c'est pas mon truc…

Daniel balance sa tête de droite à gauche en faisant une grimace.

Gayle le fusille du regard.

– L'histoire durera le temps qu'elle durera, dit-elle. Es-tu volontaire pour nous lire un de tes textes, Daniel ?

Daniel secoue la tête vivement.

– C'est ce que je pensais, répond Gayle. Alors laissons Georges nous lire son histoire, et nous allons l'écouter avec attention.

Gayle insiste sur son dernier mot en envoyant un regard en biais à Daniel, puis elle se tourne vers Georges avec un sourire.

– À toi, Georges, dit Gayle.

Les mains de Georges tremblent alors qu'il remet les feuilles de son récit en ordre.

– Je…pardon, euh, je ne pensais pas que j'allais la lire ce soir, euh…c'est un peu en désordre…

– Ça promet… murmure Patricia, une des membres groupe, entre deux gorgées de chocolat chaud.

– Quel est le titre de ton histoire, Georges ? demande Gayle, ignorant le commentaire de Patricia qu'elle a parfaitement entendu.

Georges racle sa gorge.

– Alors, euh, je n'ai pas encore trouvé de titre pour cette histoire. C'est bizarre, j'ai toujours beaucoup de mal à trouver des titres, je ne sais pas pourquoi.

– Ce n'est pas bien grave, répond Gayle immédiatement pour rassurer Georges. C'est un problème que nous rencontrons parfois. Qui sait, peut-être qu'à la fin de ton histoire, nous pourrons t'aider à trouver un titre ?

Georges acquiesce de la tête.

– Voilà, je suis prêt, dit-il.

C'est le silence total dans le café, tous les yeux sont tournés vers Georges, excepté ceux de la personne la plus âgée du groupe, Yolanda, 82 ans. Elle a les yeux à moitié fermés depuis un moment, et son corps somnolent perd parfois son équilibre, ce qui la réveille immédiatement. Yolanda se rend chaque semaine aux réunions du groupe, plus pour briser son isolement social que pour y lire ses histoires. D'ailleurs, elle prétend travailler sur un roman depuis plus dix ans, mais n'a jamais lu une seule ligne au groupe. À cause du trac, prétend-elle.

Georges commence sa lecture :

Lisa tend le petit paquet qu'elle vient d'emballer avec soin à la cliente de l'autre côté du comptoir.

– Qui est Lisa ? interrompt Patricia, les yeux froncés.

Gayle lui envoie un regard noir.

– J'imagine que Georges va nous le dire. Un peu de patience, Patricia !

Georges reprend :

Donc, Lisa tend le petit paquet qu'elle vient d'emballer avec soin à la cliente de l'autre côté du comptoir. La femme saisit les anses du sac de carton blanc portant l'élégant logo du magasin, Clarissa's, et soupire avec regret.

– Ce magasin va nous manquer, dit-elle à Lisa.

Lisa sourit poliment, d'un air triste, tout en balayant du regard les présentoirs autour d'elle.

– À nous aussi, il va nous manquer, répond-elle. Ce magasin est tellement unique. Je n'arrive toujours pas à croire qu'ils vont le détruire dans quelques jours.

La cliente secoue la tête et pose la main sur son cœur.

– Quelle honte ! Clarissa's faisait partie de notre patrimoine ! Je suis sincèrement désolée. J'espère que vous retrouverez bien vite du travail.

Les lumières des rayons commencent à s'éteindre progressivement.

– Mon dieu, il est déjà tard ! Je file avant de rester enfermée ici ! dit la cliente. Passez un merveilleux Noël, mademoiselle.

La cliente marche avec hâte vers le vieil ascenseur du magasin, tire sur la barrière grillagée qui peine à s'ouvrir, émettant un bruit désagréable de fer rouillé alors qu'elle se replie comme le soufflet d'un accordéon. Puis la cliente entre dans la cabine, referme la grille avec la même difficulté, appuie sur un bouton du panneau de contrôle, et disparaît lentement vers l'étage inférieur.

Pendant que Lisa compte sa caisse aussi rapidement qu'elle le peut, d'autres lumières s'éteignent dans le magasin. Puis, tout à coup, la lumière de son rayon s'éteint aussi. Lisa se retrouve plongée dans le noir. Seules les petites veilleuses placées sur les plinthes des murs éclairent le sol, ici et là.

– Eh ! Ne fermez pas les portes ! crie-t-elle, affolée, en espérant que le gardien de nuit n'est pas loin. Je suis encore là, je finis de compter ma caisse !

Lisa accélère son rythme, le nez pratiquement plongé dans le tiroir de sa caisse pour mieux voir les pièces de monnaie et les billets. Une fois la recette de la journée comptée, elle se dirige vers l'ascenseur et tire sur la porte grillagée, mais celle-ci est bloquée. Elle essaie encore, en tirant dessus de toutes ses forces. Toujours rien.

– Mince alors ! rouspète Lisa dans le noir. Elle se retourne. Eh ? Est-ce qu'il y a quelqu'un ? crie-t-elle.

Mais elle ne voit que l'ombre des mannequins et des présentoirs autour d'elle. Pas un mouvement, pas un son.

– Je ne comprends pas. C'est un conte ou c'est un thriller, cette histoire ? demande Robert.

Gayle ferme les yeux en soupirant. Combien de fois a-t-elle demandé à ses membres de ne pas interrompre une lecture en cours ? C'est une question de respect. On garde les questions et les commentaires pour la fin.

– Peut-être que c'est les deux ? dit Colin. C'est possible ? Ça existe, les contes-thrillers ? demande-t-il à Kate en se tournant vers elle.

Kate hausse les épaules, elle n'en sait rien.

– Écoutons la suite, on verra bien, suggère-t-elle en souriant à Georges.

Georges regarde tous les membres du club des auteurs amateurs un par un en se demandant quel est le prochain qui l'interrompra. Est-ce qu'ils sont toujours aussi impolis et impatients ? Comment font-ils lorsqu'ils lisent des livres chez eux ? Est-ce qu'ils arrêtent leur lecture pour appeler l'auteur et lui poser des questions ? Non ! Ils continuent l'histoire, c'est tout. Qu'ils le laissent raconter la sienne.

Georges reprend sa lecture en fronçant ses sourcils.

– Je disais donc :

Pas un mouvement, pas un son. Lisa est prise de panique. Si l'ascenseur ne fonctionne pas, alors elle doit descendre l'escalier du magasin avec le tiroir-caisse dans ses mains, dans le noir.

Elle avance prudemment à tâtons pour se rendre à l'autre bout de l'étage, là où se trouve l'escalier de marbre qui relie les trois étages du magasin. C'est un des inconvénients de Clarissa's qui est dépourvu d'escaliers roulants, habituellement situés au centre des étages des grands magasins.

Un coin du tiroir-caisse accroche au passage la jupe d'un mannequin qui se met à vaciller. Lisa rattrape le mannequin à temps, mais le tiroir-caisse lui échappe des mains et tombe à terre. Les billets s'éparpillent sur le sol et les pièces roulent dans toutes les directions.

– Oh ! Non, non, non ! se lamente Lisa.

Elle se met immédiatement à quatre pattes pour rassembler l'argent, mais a beaucoup de mal à voir le sol. Elle avance prudemment, mais cogne sa tête à un présentoir. Agacée, elle se met à crier.

– Eh ! Est-ce qu'il y a quelqu'un, ici ?

Comment s'appelle ce gardien de nuit, déjà ? Elle a oublié son nom. Ted ? Ed ? Brett ? À son âge, avoir si peu de mémoire, c'est pathétique ! pense-t-elle. Pas étonnant : à l'école, elle était toujours nulle en poésie ; quand elle fait ses courses, elle oublie la moitié des achats qu'elle doit faire si elle ne rédige pas une liste avant ; et si elle n'inscrit pas ses rendez-vous dans l'agenda de son téléphone, elle les oublie, tout simplement. Bon, alors, ce type, comment il s'appelle ? Elle devrait appeler la sécurité avec son téléphone portable...qui se trouve dans son sac à main, qu'elle a oublié, tout comme son manteau, dans un des tiroirs de son comptoir ! Et zut !

– En quelle année on est ? demande Betsy, une cliente du café qui ne fait pas partie du groupe d'auteurs, mais qui s'est jointe au groupe pour écouter l'histoire.

– Bonne question, répond Patricia.

Georges est agacé par cette interruption injustifiée, surtout pour poser une question aussi stupide.

Gayle souffle d'exaspération.

– Georges vient de mentionner le téléphone portable de Lisa. J'en conclue donc qu'on est à notre époque, cette année, l'année dernière, ou l'année prochaine, on s'en fout ! Lisa a un téléphone portable, OK ?

Les membres du groupe regardent Gayle avec surprise. Ils n'ont jamais vu la responsable du groupe aussi exaspérée, encore moins leur parler sur ce ton.

– Oh, pardon, je posais juste une question, répond Betsy. Si je ne peux pas poser de questions, alors je vais me taire, dit-elle d'un air piqué.

Betsy prend un biscuit au gingembre en forme de sapin et croque dedans en marmonnant quelque chose.

Gayle se tourne vers Georges et lui sourit.

– Georges, s'il te plaît, continue. Et vous, dit-elle en se tournant vers toutes les personnes présentes dans le café, contentez-vous d'écouter.

Robert lève les yeux au plafond, l'air agacé.

Georges relit rapidement dans sa tête les dernières lignes de son texte avant son interruption.

– Ah oui… J'en étais au moment où Lisa réalise qu'elle a oublié son manteau et son sac derrière le comptoir… Bon, euh… Voilà :

Lisa dépose le tiroir-caisse à terre et tente de retrouver son chemin vers le comptoir en marchant lentement. Mais dans le noir presque total, un comptoir ressemble à un autre comptoir, et les allées de présentoirs deviennent des labyrinthes. Elle n'est même pas certaine de marcher dans la bonne direction. Elle peste contre elle-même.

– Mais que tu es stupide, Lisa ! Non seulement tu n'as pas de mémoire, mais tu n'as pas le sens de l'orientation non plus, c'est pathétique !

Lisa commence à paniquer.

– Eh ! Est-ce qu'il y a quelqu'un ici, ou quoi ? crie-t-elle en espérant que ce maudit gardien de nuit va enfin lui répondre.

Où est-il ? N'est-il pas supposé faire sa ronde ?

Lisa continue à marcher dans le magasin. Elle arrive finalement à un comptoir, mais ce n'est pas le sien. Ce n'est pas grave, au moins elle peut utiliser le téléphone de service pour appeler la sécurité… Elle marche derrière le comptoir, cherche le téléphone de ses mains, mais ne trouve rien. Ce n'est pas normal. Chaque comptoir est normalement équipé d'un téléphone de service.

– Non, mais c'est pas possible, où est ce foutu téléphone de service ? Je ne vais quand même pas passer mon réveillon de Noël ici ! Hey ! IL Y A QUELQU'UN ??? hurle-t-elle.

– Wow, wow, wow ! répond une voix d'homme. Si vous criez comme ça, vous allez me crever les tympans !

Lisa sursaute et se retourne. Une personne pointe la

lumière d'une lampe torche sur elle. Éblouie, elle plisse ses yeux, et lève une main devant elle pour essayer de mieux voir.

– Ah ! Enfin ! C'est vous le gardien de nuit ? Vous m'avez fait peur ! Ça fait un moment que je vous appelle ! Où étiez-vous ?

– Je faisais ma ronde au deuxième étage. Le magasin est grand. Pourquoi êtes-vous encore là ?

– Je servais une dernière cliente, tout le monde était déjà parti, puis les lumières se sont éteintes, alors j'ai cherché mon chemin, mon tiroir-caisse est tombé, tout l'argent s'est éparpillé à terre, et je ne trouve pas le téléphone de service, et—

– Calmez-vous, mademoiselle, tout va bien aller, dit le gardien, interrompant la montée d'angoisse de Lisa.

– Oh, pardon, je suis stressée, dit-elle. Je suis en retard et c'est le réveillon. Ma famille va m'attendre et s'inquiéter. Quel est votre nom ? Pardonnez-moi, mais j'ai oublié votre nom.

– Jackson, répond le gardien.

Lisa fronce les sourcils.

– Jackson ? C'est bizarre, je pensais que vous vous appeliez Ed ou Ted, ou…

L'homme rigole.

– Non, je n'ai pas changé de nom. Je me suis toujours appelé Jackson.

– Ah ? répond Lisa distraitement. Bon, en tout cas, Jackson, je suis ravie que vous soyez là. Je commençais à me dire que j'allais passer mon réveillon de Noël ici. Mon nom est Lisa. Pouvez-vous m'aider à ramasser l'argent de ma caisse, s'il vous plaît ? Tout est éparpillé par terre, mais j'ai du mal à bien voir le sol.

– Bien sûr. Où avez-vous égaré l'argent ?

Lisa tourne autour d'elle en se mordillant les lèvres.

– Aïe ! C'est ça le problème. Je ne suis plus certaine. Je… Je me sens complètement désorientée… Peut-être là-bas, dans ce coin ?

Lisa pointe son doigt dans une direction.

– Alors, allons voir, répond Jackson.

L'homme s'engage dans une allée, et Lisa le suit.

Elle remarque qu'il est plutôt jeune et qu'il a probablement son âge, c'est-à-dire la fin de la vingtaine. Son uniforme est différent de celui porté par l'autre gardien de nuit. Celui-ci est très élégant, ce qui la surprend. Peut-être a t-il mis un costume, car il doit lui aussi se rendre à une célébration de Noël, plus tard ? En tout cas, ce qui angoisse Lisa pour le moment, c'est de retrouver l'argent et le tiroir-caisse.

Jackson balaie le sol avec sa lampe torche, mais il n'y a rien au sol. Pas de billets ni de pièces.

– Oh, mon dieu, angoisse Lisa. Où est cet argent ?

Jackson se retourne et lui sourit.

– Ne vous inquiétez pas, mademoiselle. Il n'y a que vous et moi ici, on va forcément le retrouver.

Non seulement Jackson est élégant, mais Lisa remarque les traits harmonieux et doux de son visage. C'est un beau jeune homme.

– Je ne veux pas manquer mon train pour Yaletown, dit Lisa. Le soir du réveillon, les trains sont bondés. Je risque de devoir en laisser passer plus d'un avant de pouvoir avoir une place.

– Yaletown ? s'étonne Jackson. Mais il n'y a que des usines et des hangars à Yaletown. Qu'allez-vous faire là-bas ?

Lisa rigole.

– Ça doit faire un moment que vous n'avez pas mis les pieds en dehors du centre-ville, Jackson.

– En effet, répond le gardien. Je loue une chambre dans la maison d'une vieille dame, à quelques coins de rue d'ici. Pendant que j'étudie, ça me suffit.

– Qu'est-ce que vous étudiez ? lui demande Lisa.

– Le journalisme, répond Jackson, fièrement. Je rêve de devenir reporter. À la télévision, pas à la radio !

Lisa sourit. Jackson a prononcé ces mots comme un enfant de dix ans qui dévoile son rêve le plus incroyable. Lisa s'arrête devant la silhouette d'un mannequin.

– C'est bizarre. Je ne me souviens pas avoir vu ce mannequin ici avant.

Lisa tourne sur elle-même, essayant de scruter autour d'elle.

– À quel étage sommes-nous ? demande-t-elle.

– Le même que tout à l'heure, répond Jackson, surpris par la question. Nous n'avons pas changé d'étage.

– Je sais, mais... C'est bizarre, tout est confus. Je ne reconnais rien. Oh...

Lisa se met à pleurer.

– Je ne sais pas où est cet argent, mes parents et toute ma famille vont m'attendre, et ils vont s'inquiéter, et je vais rater le dernier train pour Yaletown, et allez savoir si je vais même pouvoir trouver un taxi pour me rendre là-bas. Et en plus, ça va me coûter cher.

Jackson fouille dans une poche de sa veste et tend un mouchoir à Lisa. Elle le prend et le regarde avec étonnement.

– C'est un mouchoir en tissu ?

– Et en quelle matière voulez-vous qu'il soit ? demande Jackson, ne comprenant pas la question.

– Euh... Excusez-moi, je suis impolie, dit Lisa en essuyant ses larmes avec le mouchoir. Merci, Jackson.

Ils continuent à marcher ensemble dans l'allée, l'un à côté de l'autre. Jackson continue à balayer le sol avec le rayon de lumière de sa lampe torche, pendant que Lisa l'observe. Elle sourit. Jackson est définitivement beau, et en plus, il a de bonnes manières. Elle remarque la casquette sur sa tête.

– Depuis quand portez-vous une casquette avec votre uniforme ? demande-t-elle.

Jackson s'arrête et se tourne vers Lisa en fronçant les sourcils.

– Décidément, Lisa, vous avez d'étranges questions. Depuis toujours. Enfin, depuis que je travaille ici.

– Ah, bon ? Mais l'autre gardien ne porte jamais de casquette. Il n'a pas le même uniforme, non plus.

– Quel autre gardien ? demande Jackson

– Eh bien, l'autre gardien... Ted ? Ed ? Brett ? Oh, mon dieu, je ne sais plus son nom. Il ne porte pas de casquette et ne s'habille pas comme vous.

– Parlez-vous du gardien qui travaille ici les nuits de fin de semaine ?

– Non. Je ne travaille jamais ici les fins de semaine. Enfin, rarement.

Lisa s'inquiète. Et si le charmant jeune homme qui l'accompagne n'est pas un gardien, mais un voleur qui se fait passer pour un gardien ? Ah ! C'est bien sa chance ! C'est le réveillon de Noël, elle est coincée dans le magasin avec un inconnu, elle doit retrouver l'argent de sa caisse, mais si elle le retrouve, que va faire Jackson ? L'assommer et s'enfuir avec l'argent ? Tant pis pour l'argent, se dit Lisa. Il faut qu'elle trouve un moyen de sortir d'ici, car la situation est étrange. Son intuition lui dit que quelque chose ne tourne pas rond, alors elle élabore un plan dans sa tête. Dès qu'elle verra les escaliers, elle les descendra à toute vitesse jusqu'au rez-de-chaussée, et une fois arrivée là, elle y trouvera probablement le gardien de nuit, le vrai, celui dont elle a oublié le nom. Lisa a juste à faire diversion, c'est tout. Elle décide d'entretenir une conversation avec Jackson pour essayer d'obtenir des informations sur lui.

– Dites-moi, Jackson, ça fait longtemps que vous travaillez ici ?

– Depuis l'ouverture, répond Jackson.

Lisa s'arrête. Décidément, ce Jackson se moque bien d'elle. Il la prend pour une idiote, ou quoi ?

– Pardon ?

– Depuis l'ouverture, répète Jackson.

– C'est impossible, lui répond sèchement Lisa.

Jackson s'arrête et se tourne vers Lisa, en se demandant quel est le problème de la jeune fille qu'il essaie d'aider.

– Et pourquoi ça ? demande-t-il.

Lisa reste silencieuse pendant un moment, en faisant de son mieux pour voir le visage de Jackson. Il a l'air honnêtement surpris.

– Vous travaillez ici depuis l'ouverture du magasin ? Depuis la toute première ouverture du magasin ?

Jackson hausse les épaules comme si c'était une évidence.

– Bien sûr ! Que voulez-vous dire par 'la première ouverture' ? Un magasin ouvre seulement une fois. Vos questions sont bizarres, Lisa.

– Très bien. Soyons plus précis, alors. En quelle année avez-vous commencé à travailler ici ?

Jackson prend un air renfrogné.

– J'essaie de vous aider, mademoiselle, mais j'ai le sentiment que vous me faites passer un interrogatoire. C'est très désagréable. Mais si vous voulez absolument une réponse, et si ça peut vous rassurer, alors je travaille ici depuis deux ans, depuis que le magasin a ouvert en septembre 1952. Là, voilà, vous êtes contente, maintenant ? Rassurée ? D'ailleurs, puisque vous avez des drôles de questions, à mon tour de vous en poser : votre visage ne me dit rien, vous êtes étrangement habillée et coiffée, donc je commence sérieusement à douter que vous travailliez ici. Vous êtes-vous cachée sous un présentoir ou derrière un comptoir en attendant que le magasin ferme, pour voler des articles ?

Lisa prend la lampe torche des mains de Jackson et pointe la lumière sur son visage. Bien qu'en colère, elle remarque quand même qu'il a de très beaux yeux bleus.

– Alors ça, c'est un comble ! dit-elle. Vous me racontez les pires mensonges qui soient, et vous me soupçonnez, moi, d'être une voleuse ? Pour votre information, Jackson, si vous avez commencé à travailler ici depuis l'ouverture du magasin en 1952, vous devriez être un vieillard de… De 90 ans, au moins, je ne sais pas. Alors que vous avez l'air de… Quel âge avez-vous, d'abord ?

Jackson reste silencieux. Peut-être que Lisa n'est pas une voleuse, après tout ? Elle a plutôt l'air d'une pauvre jeune femme égarée et effrayée. Ce serait-elle échappée d'un hospice de malades mentaux ?

– Calmez-vous, mademoiselle, répond Jackson. Nous allons trouver une solution à votre problème.

– Mon problème ? crie Lisa, hystérique. Non, mais vous vous moquez de moi, ou quoi ? Mon problème, c'est que je veux sortir d'ici, et je suis coincée avec vous, espèce de taré, avec vos histoires à la con !

Jackson est choqué et contrarié par autant d'absurdités et de vulgarité, mais il garde son calme car maintenant il est certain d'une chose : il a à faire à une folle. Dans ce cas-là, tel que son patron lui a enjoint de le faire, la priorité est de calmer l'individu, à défaut de pouvoir le ramener à la raison, et d'appeler les services de police au plus vite.

– Mademoiselle, n'ayez aucune crainte, dit Jackson sur un ton calme, soyez assurée que je suis ici pour vous aider.

Yolanda ouvre un œil.

– Je ne comprends rien à cette histoire ! dit-elle en clignant ses petits yeux fatigués. Est-ce qu'on est en 1952 ou en 2019 ?

– Ni l'un, ni l'autre, répond Patricia. On est en 1954. Jackson a dit qu'il travaillait au magasin depuis deux ans, depuis son ouverture en 1952. Donc on est en 1954.

– On n'est pas en 1954 ! rectifie Betsy. On est en 2019.

– Vous ne comprenez rien, poursuit Robert, en se donnant un air intelligent. Jackson est en 1954, mais Lisa est en 2019.

– Mais c'est n'importe quoi ! Comment peut-on être en même temps en 1954 et en 2019 ? demande Yolanda en regardant Robert avec des gros yeux ronds.

Robert siffle d'agacement en regardant le plafond.

Pendant que Colin se pince les lèvres pour retenir un rire, Kate avale une gorgée de chocolat chaud en se disant que diriger le groupe d'auteurs amateurs est un sacré travail. Gayle prie intérieurement pour que son mari arrive au café au plus vite pour la sauver de ce groupe qui ne comprend jamais rien à rien. Mais avec la quantité de neige qui tombe dehors, elle doute qu'il fasse son entrée ici d'une minute à l'autre. La soirée risque d'être longue…et pénible.

– C'est de la fiction, explique Gayle en s'adressant à Yolanda. De manière évidente, le conte de Noël écrit par Georges s'inscrit dans un univers surnaturel avec un voyage spatio-temporel. Si on écoute l'histoire, on va finir par comprendre.

– C'est bien pour ça que je n'aime pas la science-fiction,

dit Yolanda en se tournant vers Betsy, tout en secouant la tête. Je ne comprends jamais rien à ces trucs-là. C'est trop compliqué !

– Ce n'est pas de la science fiction ! dit Robert en regardant Yolanda comme si elle était une demeurée.

Georges attend patiemment que les commentaires autour de la table s'arrêtent. Finalement, Gayle lui fait signe de reprendre sa lecture.

– Je disais donc… Ah oui, Jackson parlait :

– Mademoiselle, n'ayez aucune crainte, dit Jackson sur un ton calme, soyez assurée que je suis ici pour vous aider.

– Pour m'aider ? répond Lisa. Pour l'instant, on tourne en rond, je ne sais pas qui vous êtes, et vous me racontez des choses inquiétantes. Honnêtement, je ne sais pas qui a le plus besoin d'aide ici, vous ou moi… Bon, ça suffit. Est-ce que vous avez un téléphone portable ?

Jackson regarde Lisa en écarquillant ses yeux.

– Un quoi ?

– Un téléphone portable, répète Lisa, agacée.

Un téléphone portable ? Mais de quoi parle cette folle, maintenant ?

– Nous pouvons trouver un téléphone derrière un comptoir et faire un appel, si vous voulez, lui répond-il. Mais ce sont les téléphones du magasin, les standardistes sont parties.

– Les standardistes ? répète Lisa en plissant les yeux. Ça suffit, maintenant, dit-elle, excédée. Je veux sortir d'ici ! Tant pis pour la caisse et l'argent. Ramenez-moi à porte de sortie.

Jackson est bien embêté. Il aimerait bien se débarrasser de la jeune fille, mais il ne peut pas la laisser quitter le magasin. Ce serait irresponsable de la laisser partir, quelque chose de mal pourrait lui arriver. Et il ne peut pas partir non plus, il doit rester ici et faire son travail. Que doit-il faire ?

– Très bien, dit-il. Je vous raccompagne jusqu'à la

sortie, mais vous attendrez avec moi dans le hall jusqu'à ce que je vous trouve un taxi. C'est d'accord ?

– Je n'ai pas besoin de prendre un taxi, proteste Lisa. J'ai encore une chance d'attraper le Sky Train.

– Le Sky Train ? répète Jackson, l'air ahuri.

Un train qui va dans le ciel ? Décidément, se dit-il, cette jeune femme a une imagination débordante. Mais maintenant il a une confirmation : Lisa est vraiment folle.

– Pourquoi est-ce que vous répétez tout ce que je dis comme si j'étais cinglée ? s'énerve Lisa. Montrez-moi la sortie. Tout de suite !

– Très bien, très bien, répond Jackson. Ne vous énervez pas, mademoiselle. Suivez-moi.

Lisa suit Jackson dans les allées du magasin. Quand le faisceau de lumière de la lampe torche éclaire des articles sur les présentoirs, Lisa ne se souvient pas avoir vu ces articles auparavant. Elle ressent un étrange malaise, comme si tout autour d'elle lui était étranger.

Ils arrivent enfin devant le grand escalier de marbre et descendent les marches lentement. Lisa s'accroche fermement à la rampe, par peur de tomber. En posant ses pieds sur les marches, Lisa sent ses pieds s'enfoncer dans un tapis moelleux.

– C'est étrange, dit Lisa. Quand ont-ils installé un tapis dans les marches ? Il n'était pas là quand je suis arrivée ce matin.

– Le tapis a toujours été là, dit Jackson, en se demandant pourquoi il continue à répondre à une femme qui n'a pas toute sa tête.

– Pourquoi installer un tapis neuf dans les escaliers si le bâtiment va être détruit dans quinze jours ?

Jackson secoue la tête et préfère ignorer la question de Lisa.

Ils arrivent finalement devant les portes vitrées de l'entrée du magasin. Jackson tire son trousseau de clés d'une poche de sa veste et s'apprête à déverrouiller une porte, mais Lisa l'arrête en posant une main sur son bras. Elle regarde la rue, l'air intriguée.

– Est-ce que vous allez bien ? demande Jackson.

– Que se passe-t-il dehors ? Est-ce qu'on tourne un

film ?

– Un film ? répète Jackson.

– Oui, un film ! Pourquoi est-ce que les gens sont costumés ?

Jackson ne comprend pas. Il regarde Lisa, très inquiet. La jeune femme a vraiment l'esprit perturbé. Il ne peut vraiment pas la laisser partir, elle représente un grand danger pour elle-même. Il s'en voudrait si quelque chose lui arrivait.

– Elle est plutôt stupide, cette Lisa ! s'exclame Patricia, interrompant le récit, une fois de plus, au grand désarroi de Georges. Elle n'a pas encore compris qu'elle avait changé d'époque ?

– Mets-toi à sa place ! répond Robert. Est-ce que tu penserais que tu as changé d'époque simplement parce que tes repères sont perdus, ou que tu ne connais pas quelqu'un ? Pour elle, elle est encore dans le magasin, en 2019, et Jackson est un gardien qu'elle n'a jamais rencontré avant, c'est tout. Et il y a souvent des tournages à Vancouver. Ce n'est pas pour rien qu'on l'appelle la Hollywood du Nord.

– C'est très mêlant, tout ça, dit Yolanda en faisant une grimace. Est-ce que quelqu'un peut m'expliquer comment ils peuvent se trouver à deux époques différentes, en même temps ?

– Ah, et la partie romance, alors, ça arrive quand ? demande Betsy en se tournant vers Georges. Moi, j'aime les romances. Alors, quand est-ce que ça commence ? Est-ce qu'ils vont s'embrasser ?

Georges est découragé.

– Ça va venir, répond-il calmement tout en ayant envie de hurler. Est-ce que je peux poursuivre ?

Toutes les têtes acquiescent.

– Très bien, dit Georges. Il soupire, puis poursuit sa lecture :

Lisa est abasourdie en regardant par les portes

vitrées du magasin. Des flocons de neige tombent dehors et jonchent le sol, alors que ce n'était pas le cas lorsqu'elle est arrivée ce matin ; de vieilles voitures de collection roulent prudemment sur la chaussée ; les façades des immeubles ont changé ; les grandes enseignes lumineuses et criardes des magasins ne lui sont pas familières ; et les piétons sont tous habillés comme s'ils sortaient tout droit des années 50. Pas d'erreur, ce doit être un de ces tournages Hollywoodiens qui ont souvent lieu au centre-ville de Vancouver. Mais pourquoi choisir le 24 décembre pour tourner une scène de film, un des jours les plus occupés de l'année ?

– C'est complètement dingue ! s'exclame Lisa. Comme si le trafic et les gens qui font leurs courses de Noël en dernière minute n'étaient pas assez comme ça.

Elle se tourne vers Jackson.

– Merci de m'avoir raccompagnée, Jackson. Ne vous en faites pas, j'appellerai la direction à la première heure le 26 au matin pour leur dire ce qui m'est arrivé. Ils vont bien retrouver le tiroir-caisse et l'argent. Bon, il faut vraiment que je file maintenant. Passez de joyeuses fêtes !

Lisa s'apprête à ouvrir la porte, soulagée de s'échapper enfin de cette situation étrange, mais elle s'arrête et se tape le front. Jackson sursaute. Est-ce que les fous font tous ça, se demande-t-il, se taper le front si violemment ?

– Mince ! J'ai oublié mon manteau et mon sac à main là-haut, dans un tiroir de mon comptoir ! Non, mais quelle idiote !

Tout à coup, une alarme se déclenche. Lisa se tourne vers Jackson.

– Qu'est-ce qui se passe ? Je n'ai même pas ouvert la porte ! dit-elle, inquiète.

Jackson regarde autour de lui, surpris.

– Je ne sais pas. C'est étrange, c'est l'alarme d'incendie qui vient de se déclencher.

– L'alarme d'incendie ? répète Lisa, paniquée.

Un homme sort de la droguerie située de l'autre côté de la rue et traverse la chaussée en courant, manquant de se faire renverser par une voiture. Il s'arrête devant les portes d'entrée de Clarissa's en agitant ses bras pour faire signe à Jackson et à Lisa de sortir immédiatement.

– Il y a le feu ! crie-t-il. Sortez tout de suite ! Le feu, au deuxième étage !

L'homme pointe son doigt vers le haut. Jackson et Lisa s'empressent de sortir.

– J'ai appelé les pompiers, dit l'homme. Ils devraient arriver bientôt.

– Oh, mon dieu ! s'écrie Lisa, affolée, en regardant vers le haut de l'immeuble. Elle voit des flammes sortir par les grandes fenêtres du dernier étage du magasin.

Jackson lève la tête et reste bouche bée. Mais que s'est-il passé ?

Des piétons s'arrêtent, à la fois inquiets et fascinés, pour observer la progression du feu qui s'est déclenché au grand magasin Clarissa's. Ils n'en croient pas leurs yeux. Ils font des commentaires tout en échappant des exclamations d'effroi.

Quelques minutes plus tard, le son de sirènes se rapproche, et deux camions de pompiers arrivent à toute vitesse et s'arrêtent net devant le magasin. Des pompiers débarquent des camions à la hâte et courent vers le bâtiment. L'un d'eux se dirige vers Jackson, remarquant qu'il porte un uniforme avec le nom du magasin sur sa veste.

– Vous travaillez ici, jeune homme ? demande le pompier.

– Oui, répond Jackson.

– Y a-t-il d'autres personnes dans le magasin ?

– Pas que je sache, répond Jackson en hochant la tête et en déverrouillant toute les portes d'entrée du magasin pour laisser passer les pompiers.

– Très bien. Ne restez pas ici, dit le pompier en s'adressant à Jackson et à Lisa. Éloignez-vous, c'est dangereux. Il faut évacuer les lieux. Maintenant !

Le pompier se tourne vers le groupe de piétons curieux et leur crie de continuer leur chemin, pendant qu'une dizaine d'autres pompiers se ruent dans le magasin et s'empressent de monter les marches de l'escalier de marbre.

Jackson et Lisa sont plantés sur le trottoir, en état de choc. Leur lieu de travail est en train de brûler.

– Veuillez circuler, s'il vous plaît, c'est dangereux ! crie un autre pompier, tout en faisant signe à Jackson et à Lisa de circuler. Laissez-nous travailler !

Lisa recule tout en regardant autour d'elle. Elle ne comprend rien à ce qui se passe. Est-ce la réalité, ou est-ce une scène de film ? Pourquoi tout est si étrange et différent autour d'elle ce soir ?

Jackson se tourne vers Lisa. Et si la coupable était devant lui ? Lisa a-t-elle mis le feu au magasin ? Une autre bonne raison de ne pas la laisser partir.

– Oh, mon dieu ! dit Lisa en pleurant. Impossible de récupérer mon manteau et mon sac à main, maintenant ! Comment je vais faire pour me rendre chez mes parents ? En plus, j'ai froid.

Lisa grelotte. Jackson retire sa veste et la dépose sur les épaules de la jeune fille. Il ne sait vraiment pas quoi penser d'elle. Elle est tellement étrange, mais pour une raison qu'il ignore, elle ne le laisse pas indifférent. Il veut la protéger.

– Ne vous inquiétez pas, Lisa, dit Jackson sur un ton rassurant. Je vais vous aider. Mais allons d'abord au chaud. Je connais un bon restaurant, pas loin, juste à deux coins de rue.

Lisa renifle en frottant son nez avec le mouchoir en tissu que Jackson lui a donné plus tôt. Elle suit le jeune homme en regardant le sol, tout en faisant des calculs dans sa tête. Si Jackson lui prête de l'argent, elle pourra prendre le Sky Train et arriver à temps pour le repas de réveillon de Noël avec sa famille. Elle doit les appeler avant, sinon ils vont s'inquiéter de son retard.

Jackson pousse la porte d'un restaurant à l'enseigne clignotante de néons rouges, appelé Chez Betsy. Galant, il laisse d'abord entrer Lisa.

– Ah ? Ils tournent un film ici aussi ? demande-t-elle, très étonnée.

Jackson fronce les sourcils.

– C'est quoi cette obsession que vous avez avec les films ? Vous voulez devenir actrice ?

Pour la première fois, Lisa voit clairement le visage de Jackson. Ses traits sont parfaitement symétriques, et son regard dégage une douceur bienveillante. Le jeune homme est grand et élancé. Il pourrait être mannequin.

– Non, je ne veux pas être actrice, répond-elle. Je travaille au magasin, c'est tout, et ça me va bien pour le moment. Mais ces gens, pourquoi sont-ils habillés comme dans les années 50 ?

De manière évidente, Lisa doit se croire à une autre époque, se dit Jackson. Doit-il lui expliquer la vérité ? Est-ce qu'elle comprendra ?

– Les gens sont habillés dans les années 50 parce que nous sommes dans les années 50, Lisa. C'est normal. En quelle année pensez-vous être ?

Lisa hausse les épaules en roulant des yeux.

– Mais c'est évident, Jackson ! On est en 2019 ! Enfin, encore pour quelques jours.

– En 2019 ? répète Jackson.

– Vous voyez, vous répétez encore ce que je viens de dire. C'est une manie, chez vous !

Une serveuse se dirige vers eux.

– Une table pour deux ?

– Oui, s'il vous plaît, répond Jackson.

Ils suivent la serveuse dans l'allée centrale du restaurant. Les clients se tournent vers Lisa lorsqu'elle passe à côté de leur table.

– Pourquoi est-ce que les gens me regardent tous comme ça, demande-t-elle à Jackson en murmurant.

Jackson hésite à répondre. Sa coiffure, ses pantalons, ses chaussures… Presque tout, chez Lisa, est bizarre. Sauf son visage. Il la trouve très jolie.

La serveuse s'arrête et désigne une table. Jackson et Lisa se glissent sur les banquettes de chaque côté de la table, puis la serveuse leur tend deux menus. Elle se tourne vers Jackson.

– Est-ce qu'elle est d'ici la demoiselle ? demande-t-elle.

Lisa fronce les sourcils.

– Eh ! dit-elle à la serveuse, non seulement je suis d'ici, mais je suis *ici* ! Je vous entends !

La serveuse se demande ce qui cloche avec celle-là.

– Je vais vous chercher des verres d'eau, répond-elle en s'éloignant de la table rapidement.

Lisa ne consulte pas le menu.

– Jackson, avez-vous un téléphone portable ? Il faut absolument que j'appelle mes parents. Ils vont s'inquiéter.

– Lisa, je ne sais pas ce que vous voulez dire exactement par téléphone 'portable', mais il y a un téléphone dans le couloir qui mène aux toilettes. Je peux vous donner dix sous pour appeler vos parents.

Lisa explose de rire nerveusement.

– Vous rigolez ? Je ne peux appeler personne avec dix cents. Je vais avoir besoin de cinquante cents, au moins.

– Cinquante cents ! Mais où habitent vos parents ?

– Je vous l'ai dit : à Yaletown !

– Ça ne doit pas coûter aussi cher d'appeler Yaletown. Avez-vous besoin d'argent pour autre chose ?

Lisa a l'air embarrassé.

– Puisque vous me le demandez, Jackson, oui. J'ai besoin d'argent pour acheter un billet pour prendre le Sky Train.

Ah. Encore cette histoire de train qui va dans le ciel, se dit Jackson. En effet, ça doit être cher…

– Euh… Et combien coûte un ticket pour prendre ce 'Sky Train' ? demande Jackson.

– 2.50 $, répond Lisa. Pouvez-vous me prêter trois dollars, s'il vous plaît, pour que je puisse faire mon appel et ensuite filer chez mes parents ? Je vous les rendrai, c'est promis.

– Trois dollars ! Mais c'est beaucoup ! Ce Sky Train est très cher !

Jackson fouille ses poches.

– Je ne suis pas certain d'avoir cette somme sur moi, dit-il.

Lisa enfouit sa tête dans ses mains et se remet à pleurer.

– C'est juste trois dollars ! Je vais vous les rendre, Jackson, je vous le promets ! Je ne comprends rien à ce qui se passe ce soir. Je suis fatiguée et je me sens bizarre. Et le magasin qui prend feu, et mon sac et mon manteau avec ! Et tous ces gens déguisés comme si on était dans les années 50 ! C'est la pire veille de Noël que j'ai jamais vécue.

Jackson ressent de la peine pour Lisa. Une personne malade comme elle doit se sentir très isolée et incomprise de tous. Il pose une main amicale sur une main de la jeune fille.

– Ne vous inquiétez pas, Lisa. Tout va bien aller.

La serveuse arrive avec un plateau et dépose deux verres d'eau sur leur table.

– Et pourquoi elle pleure, votre demoiselle ? demande la serveuse à Jackson.

– Elle se sent…perdue, répond Jackson.

Lisa redresse sa tête.

– Oh, madame, est-ce que vous avez un téléphone portable ? S'il vous plaît ! C'est important ! J'ai juste besoin d'appeler mes parents, rapidement. Je ne veux pas qu'ils s'inquiètent.

La serveuse jette un regard furtif à Jackson. Elle commence à comprendre que la pauvre jeune femme n'a pas toute sa tête.

– Euh… Je ne peux pas porter le téléphone jusqu'ici, mais il est juste là-bas, dans le couloir. Le jeune homme peut vous accompagner, si vous voulez ?

Lisa se demande pourquoi personne ne peut lui prêter un simple téléphone portable ! Elle regarde autour d'elle et par la fenêtre du restaurant, comme si elle cherchait quelque chose.

– Où sont les caméras ? demande-t-elle, inquiète.

– Quelles caméras ? demande la serveuse qui ne comprend rien. Elle regarde Jackson d'un air en biais.

– Les caméras ! Les caméras qui nous filment ! crie Lisa, hystérique.

Tout le monde se tait dans le restaurant et se tourne vers Lisa qui se tient debout, l'air ahuri.

– Où sont les maudites caméras ? continue à hurler

Lisa. Votre blague n'est pas drôle ! Ça suffit ! Je veux rentrer chez moi !

Jackson se lève et prend Lisa délicatement par le bras.

– Allons vers le téléphone 'portable' qui est accroché là-bas, dit Jackson. Nous allons appeler vos parents, d'accord ? Et puis après, je vous accompagnerai à votre train vers le ciel. D'accord ?

Lisa a l'impression de devenir folle. Jackson la tire lentement par le bras, en direction du couloir, comme si elle était une gamine. Tout le monde les suit du regard. Ils arrivent devant le téléphone. Lisa regarde la grosse boîte téléphonique antique en faisant des gros yeux.

– C'est quoi, ce vieux téléphone ?

– Euh...c'est le téléphone...portable, mais qui est accroché au mur du couloir, comme ça tout le monde peut l'utiliser, et on sait toujours où il est ! Jackson force un sourire.

– Et maintenant, vous vous moquez de moi, Jackson ? se lamente Lisa, heurtée par la remarque du jeune homme qu'elle ne trouve pas drôle.

Jackson hoche vivement la tête.

– Non, non, non ! Pas du tout, Lisa, je ne me permettrais pas de me moquer de vous. Il décroche le combiné du téléphone, sort une pièce de dix sous d'une de ses poches et l'insert dans une fente du téléphone. Alors, quel est le numéro de téléphone de vos parents, demande-t-il.

Lisa fait une grimace.

– Oh, il est enregistré dans mon téléphone. Mince... Je ne sais pas si je vais pouvoir m'en souvenir.

Jackson ne comprend pas ce que Lisa veut dire par 'enregistré dans son téléphone', mais il commence à s'habituer aux non-sens de Lisa. Elle vit dans un monde avec ses propres logiques.

– Faites un effort, dit-il en l'encourageant.

Lisa ferme les yeux.

– 782-349-22... 56 ? Non. 46 ? Mince ! Je ne sais plus ! Je suis trop perturbée, j'ai oublié.

Jackson a l'air bien embêté. Pourquoi s'attendait-il à

ce que Lisa annonce un numéro de téléphone normal ? Rien n'est normal chez elle.

– Euh, ça fait beaucoup de chiffres, dit Jackson. En effet, votre mémoire doit vous jouer des tours. Concentrez-vous et essayez encore.

Lisa soupire et ferme les yeux.

– 782, ça c'est sûr... 349 ou 329 ? Peut-être que c'est celui-là qui est mauvais. Attendez... 782-329-2246. Oui, c'est ça ! 782-329-2246 !

Lisa compose le numéro en le répétant à haute voix, mais elle entend un message d'erreur dans le combiné.

– Ça ne marche pas ! dit-elle en regardant Jackson, désespérée.

Elle raccroche le combiné.

– Est-ce que vous avez une autre pièce de dix sous ? Je vais essayer encore.

Jackson fouille ses poches et trouve une pièce.

– Très bien, mais cette fois-ci, je vais essayer.

Il glisse la pièce dans la fente. Lisa répète son numéro à haute voix, et il tourne les numéros du cadran.

– 782...329...2246.

Sans surprise, Jackson entend aussi un message d'erreur dans le combiné du téléphone. Il le tend à Lisa pour qu'elle écoute le message.

– Mais c'est un vieux téléphone ! Pas étonnant que ça ne marche pas, proteste-t-elle en tapant le combiné du téléphone. Et elle se remet à pleurer.

– Lisa, s'il vous plaît, calmez-vous, ou nous allons nous faire chasser du restaurant. Et avec le temps qu'il fait dehors, il est mieux qu'on reste ici, tranquille et au chaud, jusqu'à ce qu'on trouve une solution.

Jackson prend Lisa par la main. Elle le suit comme un robot, tout en regardant autour d'elle. Elle a l'impression d'être sur la planète Mars. En passant près d'une table, elle remarque la couverture du Globe and Mail qu'un client tient dans ses mains. Lisa se jette sur le journal et l'arrache des mains du client.

– 24 décembre 1954 ! Mais c'est impossible ! crie Lisa en regardant tout le monde. C'est impossible ! Vous m'entendez ? IMPOSSIBLE !

Et Lisa s'évanouit.

– Ah ben finalement, elle finit par comprendre ! dit Betsy. Elle est pas rapide, cette Lisa.

– Si tu te retrouvais soudainement en 1954, tu te sentirais sérieusement désorientée, rétorque Patricia.

Yolanda échappe un petit rire.

– Pas moi ! Je me sentirais chez moi ! Et rajeunir comme ça d'un seul coup, pouf ! Oh, l'année de mes 17 ans… Je donnerais cher pour revenir en arrière. Je commence à bien l'aimer, cette histoire.

– En tout cas, on est encore loin de la romance, mais moi ça me va, ajoute Robert, parce que les romans à l'eau de rose, hein… Il tapote la surface de sa table du bout des doigts.

– Moi, j'aime les romances, dit Kate. J'ai hâte de savoir ce qui va se passer entre Lisa et Jackson.

– Par contre, ça va être sérieusement compliqué, ajoute Betsy. Est-ce qu'ils vont rester en 1954, ou va-t-elle retourner en 2019 ? Et est-ce que Jackson sera avec elle en 2019 ? Les histoires d'amour, c'est déjà assez difficile à gérer comme ça, si en plus elles sont spatio-temporelles, alors là…

– Pas besoin d'être spatio-temporelle pour qu'une histoire d'amour soit compliquée, ajoute Robert, l'air désabusé. *Toutes* les histoires d'amour sont compliquées.

Georges regarde autour de lui en se demandant s'il a bien fait de joindre le club des auteurs amateurs du Whispers Café. Chacun y va de son commentaire et de sa critique, mais c'est *son* histoire, pas la leur. A t-il vraiment du temps à perdre à venir lire ses histoires à des personnes qui ne comprennent pas vraiment ce qu'il raconte ?

– Bon, est-ce que vous voulez savoir la suite ? demande Georges.

À sa grande surprise, tout le monde répond « Oui ».

Très bien. George reprend ses feuilles…

La serveuse aide Jackson à porter Lisa. Ils l'allongent sur une banquette.

– Cette petite a un sérieux problème, dit la serveuse en secouant la tête, les mains sur les hanches. D'où vient-elle ? demande-t-elle à Jackson.

Jackson réalise qu'il ne sait rien de Lisa, à part son prénom. Travaille-t-elle vraiment au magasin, comme lui ? Il en doute fortement. Même s'il croise rarement le personnel de jour, Lisa n'a pas du tout l'allure d'une vendeuse de chez Clarissa's. Comme il le soupçonne, Lisa a dû s'infiltrer discrètement dans le magasin juste avant la fermeture, et elle s'est cachée quelque part, peut-être pour passer la nuit au chaud ? Il ressent de la peine pour elle. Seule, perdue et effrayée, la veille de Noël.

Lisa ouvre les yeux et se redresse lentement. Son visage affiche une amère déception lorsqu'elle réalise qu'elle est toujours dans le restaurant, et que son cauchemar n'est pas terminé. Elle gémit. Jackson lui tend un verre d'eau.

– On est vraiment en 1954 ? demande-t-elle, la main tremblante en saisissant le verre d'eau.

– Oui, répondent en chœur Jackson et la serveuse.

Lisa reste silencieuse pendant un moment, tout en regardant autour d'elle. Ce sentiment étrange qu'elle ressent depuis qu'elle a rencontré Jackson, le magasin qui ne lui était étrangement pas familier, la rue, les voitures, les gens, le restaurant... Mais comment est-ce possible ?

– Je...mais...si on est en 1954, comment je vais rentrer chez moi ? dit-elle en regardant Jackson, totalement désespérée. Le Sky Train... Le Sky Train n'existe pas encore...

Lisa secoue la tête. Elle a du mal à croire les mots qui sortent de sa propre bouche.

Jackson passe rapidement une commande à la serveuse. Peut-être qu'en mangeant, Lisa se sentira mieux et tiendra des propos plus cohérents ?

Quelques minutes plus tard, la serveuse revient avec deux grandes assiettes remplies de frites et de hamburgers, et deux petites assiettes avec de la salade César. Elle dépose le tout sur la table, envoie un petit clin d'œil encourageant à Jackson, et retourne à son travail.

Lisa prend une frite avec ses doigts et la mange machinalement, en regardant son assiette comme une malheureuse.

– Je suis en 1954… répète-t-elle à plusieurs reprises, à voix basse. Je suis en 1954, et je dois retourner chez moi, en 2019…

Lisa redresse la tête et regarde Jackson d'un air désespéré.

– Mais comment je vais faire ça ?

Jackson, bien embêté, enlève sa casquette et se frotte le dessus de la tête. Comment aide-t-on une folle à retrouver la raison ? Il n'est pas médecin. Peut-être devrait-il suivre sa logique ?

– Très bien, Lisa. Je vais essayer de vous aider, dit-il.

Lisa écoute Jackson avec grand intérêt, en priant intérieurement qu'il trouve une solution à ce non-sens.

– Vous m'avez dit plus tôt que vous pensiez être en… 2019 ? C'est bien ça ?

Lisa acquiesce d'un mouvement de tête.

– Alors, euh, puisque nous sommes en 1954, vous venez du futur ?

Lisa regarde Jackson avec de gros yeux ronds. Elle est aussi perdue que lui. Autant procéder par étapes pour comprendre ce qui se passe.

– J'imagine, répond-elle simplement.

– Très bien… Alors, comment êtes-vous arrivée du futur ?

Lisa regarde vers le plafond, puis son regard revient vers Jackson.

– Aucune idée !

Jackson plisse des yeux. Il n'est pas bien avancé.

– Bon, reprenons avant que nous nous rencontrions dans le magasin. Où étiez-vous, et que faisiez-vous ?

– J'étais déjà dans le magasin. J'y ai travaillé toute la journée. J'y travaille à plein temps depuis trois ans. Je servais une dernière cliente, et j'étais la dernière vendeuse à l'étage, donc je me suis retrouvée seule à fermer ma caisse. Je me dépêchais, parce que je voyais les lumières des rayons s'éteindre progressivement, et puis, tout à coup la lumière de mon rayon s'est éteinte aussi. J'avais beaucoup de mal à voir ce que je faisais, mais j'ai continué à compter l'argent de ma caisse, j'ai pris le tiroir-caisse, et j'ai essayé de prendre l'ascenseur. Mais la grille de l'ascenseur était bloquée. Alors, j'ai commencé à marcher dans le magasin pour essayer de trouver les escaliers. Et là, j'ai commencé à réaliser que tout était bizarre autour de moi, comme si mes repères avaient changé. J'ai toujours travaillé à cet étage. Bien sûr, on change souvent les présentoirs, les mannequins, la marchandise, mais là, c'est comme si j'étais dans un autre magasin. En y repensant, même l'odeur du magasin n'était pas la même.

– Donc, si je comprends bien, tout a commencé à changer quand vous vous êtes retrouvée dans le noir ? demande Jackson.

– Oui ! C'est exactement ça ! dit Lisa, avec une lueur d'espoir dans les yeux.

Elle prend le hamburger dans son assiette et croque dedans. Enfin ! Jackson l'écoute sans la regarder comme si elle était une folle.

– Mais, euh, pardonnez-moi, Lisa, mais on ne change pas d'année simplement parce qu'on se retrouve dans le noir. Changez-vous souvent d'année ?

– Évidemment que non ! répond aussitôt Lisa. Je suis aussi troublée que vous. Je ne suis pas folle, vous savez ! Imaginez si vous vous retrouviez soudainement dans le futur ! Que feriez-vous ? Vous seriez aussi paniqué que moi !

Jackson doit admettre que les raisonnements et les réactions de Lisa sont logiques. Elle est un peu étrange, c'est certain, mais folle, il commence à en douter.

– Bon, très bien. Alors, dans le futur, est-ce que les voitures volent ?

Lisa fronce les sourcils.

– Bien sûr que non ! 2019 n'est pas comme dans les

mauvais films de science-fiction des années 50, justement. Vous avez tout faux !

– Et des Martiens ? Avez-vous eu des visites de Martiens ?

– Non plus, répond Lisa. Pas encore, bien que beaucoup croient à la vie extra-terrestre. Ceci dit, j'ai une bonne surprise pour vous : les premiers hommes à aller sur la lune sont des Américains. Ça va arriver en 1969. Armstrong, Collins et Aldrin.

– Qui sont ces personnes ? demande Jackson, les yeux écarquillés.

– Les astronautes qui vont aller sur la lune, en 1969, comme je viens de vous le dire, répond Lisa. Vous savez, je ne mens pas !

Jackson imagine trois petits hommes marcher sur la lune.

– La lumière doit être très éblouissante sur la lune, dit Jackson. Est-ce qu'ils portaient des lunettes spéciales ?

– Euh… Je ne sais pas, répond Lisa. Je n'y suis pas allée. Je ne crois pas… Ils avaient une combinaison spéciale, faite pour les astronautes.

Ils continuent à manger en silence pendant un moment, leurs regards trahissant les tonnes de questions et de doutes qui traversent leur tête.

– Quelles sont les autres innovations de votre époque ? demande Jackson, la curiosité attisée par l'imagination de Lisa. Peut-être pourrait-il écrire un article sur elle pour un de ses cours de journalisme ?

– On a la télévision en couleur.

– Oh, on a déjà ça ! dit Jackson en souriant. Mais c'est plus cher. C'est tout nouveau, tout le monde ne peut pas se payer un téléviseur en couleur.

– Ah ? répond simplement Lisa. En 2019, on a de grands écrans de télévision, plats. En fait, on en a partout, de toutes les tailles.

– Que voulez-vous dire par des écrans 'plats' ? Vous pouvez les plier et les emporter ? Comme les téléphones ?

– Quelle drôle d'idée ! répond Lisa comme si Jackson venait de dire une grosse bêtise. Bien sûr que non !

Comment voulez-vous plier un écran de télé ?

Jackson hausse les épaules.

– Je ne sais pas. Vous me dites que votre époque a des télévisions plates. J'ai imaginé que ça devait être pour une raison pratique, pour les plier et les emmener où on veut.

Le visage de Lisa s'illumine.

– Votre raisonnement est bizarre, mais c'est pas idiot, répond Lisa. En fait, c'est un peu ça, d'une certaine manière. Nos ordinateurs, nos téléphones portables, et nos tablettes, ils servent exactement à ça !

Jackson regarde Lisa avec un autre de ses airs interloqués.

– C'est quoi, un 'ordinateur' ? Et que faites-vous avec une petite table ?

Lisa pose son hamburger dans son assiette en soupirant, découragée. Elle réalise qu'expliquer 65 années d'évolution technologique d'une société est une sacrée paire de manches pour une personne qui vit en 1954. De plus, elle a peur que Jackson la prenne vraiment pour une folle en parlant de tout ça. Elle comprend soudain qu'elle court un énorme risque, pire que celui d'être perdue en 1954 : elle pourrait se retrouver dans un asile, en 1954. Et ça, ça ne doit pas être marrant du tout. Elle pense à quelques scènes de vieux films en noir et blanc, et comment on y représentait et traitait les fous.

– Jackson, je ne suis pas certaine que parler de mon époque soit une très bonne idée, dit-elle.

– Et pourquoi ?

– Parce que je sais pourquoi vous me posez ces questions. Vous ne me croyez pas. Vous pensez vraiment que je suis folle. Mais je ne suis pas folle. Je suis aussi perdue que vous. Je ne comprends rien à ce qui se passe. Même en venant de 2019, je n'ai pas d'explication pour ce mystère.

– Vous ne faites pas des voyages dans le temps avec des machines conçues pour ça, en 2019 ? demande Jackson.

Lisa hoche la tête.

– Non. Ça, c'est encore un truc qui vient de vos mauvaises séries de science-fiction.

Jackson regarde son assiette en pinçant ses lèvres. Que doit-il faire ?

Lisa pose sa main sur celle de Jackson et le regarde fixement.

– Jackson, vous êtes la seule personne qui peut vraiment m'aider. Vous comprenez ? Je ne suis pas folle. Je sais aussi bien que vous que tout ce que je vous dis a l'air fou. Mais je ne peux pas rester ici. Je suis terrifiée. Vous devez m'aider. Je vous en supplie, aidez-moi.

Jackson aime le contact chaud de la main de Lisa sur la sienne. Il doit admettre qu'il est attiré par la jeune fille, malgré les propos bizarres qu'elle tient. Un sentiment fort et spécial s'empare de lui. Lisa a l'air honnête quand elle parle. Si c'est une menteuse, elle est une excellente menteuse. Alors il décide de prendre un énorme risque : croire Lisa.

– Très bien, Lisa. Même si tout cela est pour le moins étrange, je vous crois, et je vais essayer de vous aider. Mais je dois vous avouer que je ne sais pas du tout par quoi ni où commencer.

Lisa se pince les lèvres. Elle non plus ne le sait pas. Puis une idée lui vient en tête.

– Le 'comment', je n'en ai aucune idée non plus. Mais pour le 'où', j'ai une idée, dit-elle. La chose la plus logique à faire est de retourner au magasin.

– C'est impossible, il a pris feu !

– Le deuxième étage était en feu. Je travaillais au premier étage. Peut-être que le feu est éteint maintenant, et qu'on peut accéder au premier étage ?

– Mais même en supposant que le feu soit maîtrisé, il est dangereux d'entrer dans un bâtiment qui a pris feu. Je doute que les pompiers nous laissent entrer dans le magasin.

– Mais c'est le seul moyen que j'ai pour vous prouver que je dis la vérité, Jackson. Mon manteau et mon sac sont dans un tiroir du comptoir où je travaillais. Peut-être qu'avec mon téléphone portable, on va pouvoir trouver une solution ?

Décidément, ces téléphones portables semblent être vraiment importants en 2019 pour que Lisa les mentionne aussi souvent, se dit Jackson. Mais quelles autres choses peuvent bien faire les gens du futur avec ces téléphones, à part appeler quelqu'un ?

Les yeux de Lisa prient Jackson de lui accorder cette faveur. Jackson pense que retourner dans le magasin pourrait lui causer des problèmes, mais à l'heure qu'il est, il a probablement perdu son travail. Laisser un bâtiment prendre feu quand on est gardien de nuit, c'est une sérieuse cause de renvoi, sans aucun doute…

– Très bien, dit Jackson. Je réalise que je n'ai rien à perdre. Mais il faut que nous soyons prudents. Vous comprenez ?

– Bien sûr ! répond Lisa immédiatement avec un sourire, soulagée.

Alors ils mangent à la hâte pour vider leur assiette. Jackson fait un signe à la serveuse, il paye l'addition, puis ils quittent le restaurant.

– Toujours pas de baiser ! proteste Betsy. Que c'est décevant,

– Vous embrasseriez un fou, vous ? demande Robert. Moi, j'embrasserais pas une folle. Il est normal que Jackson n'ait pas envie d'embrasser Lisa.

– Je les aime bien ces deux petits-là, dit Yolanda. Ça me rappelle tellement ma jeunesse et mes premiers flirts. J'espère qu'ils vont pouvoir rester ensemble et que ça se termine bien, votre histoire.

Yolanda regarde Georges avec une lueur d'espoir dans les yeux, et un adorable petit sourire aux lèvres.

– Moi aussi je les aime bien ces personnages, dit Kate. Ils sont attendrissants. Alors, que se passe-t-il ensuite ?

Georges continue :

Jackson et Lisa arrivent devant Clarissa's. Le feu est maîtrisé, et les pompiers rangent leur matériel.

– Monsieur, demande Jackson à l'un d'entre eux, est-ce possible de rentrer dans le bâtiment, maintenant ? demande Jackson à un des pompiers. Je travaille ici.

– Malheureusement, non, répond le pompier. Le deuxième étage est condamné. Le toit est complètement détruit, comme vous pouvez le voir.

Jackson et Lisa lèvent la tête. Le plafond du magasin s'est effondré et la façade est toute noire.

– Le premier étage a été endommagé aussi, donc Il serait dangereux d'entrer dans le magasin, et cela ne vous servirait à rien. Si vous travaillez ici, jeune homme, la seule chose à faire est de rentrer chez vous. De toute façon, j'imagine que vous aurez des nouvelles de votre patron bien vite.

Lisa se tourne vers Jackson. Elle se sent coupable. Avec tous ses problèmes, elle a complètement oublié ceux de Jackson. Lui aussi doit se sentir stressé et perdu après tout ce qui vient de se passer. Mais malgré tout, il continue à l'aider tout en restant calme et respectueux. Bien d'autres personnes l'auraient envoyée balader, ou auraient appelé la police pour s'en débarrasser. Mais Jackson n'a rien fait de tout ça. Il est resté à ses côtés, attentif.

– Très bien, monsieur, dit simplement Jackson au pompier. Et il s'éloigne en prenant Lisa par le bras.

– Mais qu'est-ce qu'on va faire si on ne peut pas entrer dans l'immeuble ? demande Lisa, paniquée.

– On peut entrer dans l'immeuble, répond Jackson. Je suis le gardien de nuit.

Jackson sort le trousseau de clés de la poche de sa veste et le secoue devant Lisa.

– On va entrer par l'arrière du bâtiment.

Lisa sourit et s'empresse de suivre Jackson. Ils tournent à droite au prochain coin de rue et marchent sur une trentaine de mètres, puis ils tournent encore sur leur droite pour prendre la ruelle sombre qui longe l'arrière des magasins donnant sur la Rue Main.

Jackson s'arrête devant une double porte en métal et insert une des clés dans la serrure. La porte s'ouvre. Jackson se tourne vers Lisa.

– Vous me suivez de près, Lisa. Cela peut être

dangereux à l'intérieur, alors vous restez près de moi, c'est bien compris ?

Lisa hoche la tête en suivant Jackson dans le bâtiment. Il fait noir. Jackson prend la lampe torche accrochée sur le côté de son pantalon et l'allume. L'odeur de brûlé et la fumée leur irrite la gorge et les fait tousser. Lisa couvre son nez avec le mouchoir en tissu que Jackson lui a donné, et Jackson se couvre la moitié du visage avec le haut de sa chemise.

– Par ici, dit Jackson. C'est le couloir des livraisons.

Lisa suit Jackson dans le long couloir où elle n'est jamais venue, car elle n'entre jamais dans le magasin par la porte arrière. Son horaire régulier commence l'après-midi, elle entre tout simplement par les portes d'entrée principales sur la Rue Main.

Jackson ouvre une porte et une grosse bouffée de chaleur les enveloppe. Ils toussent encore plus fort. Ils entrent dans une pièce où la température est plus élevée. Lisa, qui porte toujours la veste de Jackson, l'enlève et la tient à la main.

– L'escalier ne devrait pas être loin, dit Jackson.

Il prend l'autre main de Lisa, et ils avancent ensemble, lentement, serrés l'un sur l'autre.

– Ah, voilà ! C'est l'escalier, dit Jackson.

Il éclaire la rampe.

– Accrochez-vous à la rampe, dit-il à Lisa.

Lisa pose sa main sur la rampe de marbre et la retire aussitôt.

– Mon dieu, la rampe est toute tiède !

– Je sais, dit Jackson. Glissez juste le bout de vos doigts dessus, pour vous guider.

Lisa suit les conseils de Jackson et ils continuent leur montée vers le premier étage où la fumée est encore plus pesante. Jackson se tourne vers Lisa.

– Il faut faire vite parce qu'on va avoir du mal à respirer ici, c'est dangereux. Où est votre comptoir ? demande Jackson en lui tendant la lampe torche.

Lisa lâche la main de Jackson et prend la lampe torche. Elle balaie l'espace autour d'elle avec le faisceau de lumière, mais la fumée épaisse qui s'est répandue sur toute la surface de l'étage crée un voile derrière lequel se dessinent des formes vagues. Finalement, elle croit reconnaître son comptoir et pointe le doigt dans une direction.

– Là-bas ! Enfin, je crois.

Jackson reprend la lampe et saisit la main de Lisa qui resserre sa main sur la sienne. Ils commencent à marcher dans la direction qu'elle a indiquée, mais soudain elle se sent mal. Elle a la nausée. Et si elle ne retrouvait pas son comptoir, ni son manteau, ni son sac ? Comment ferait-elle pour prouver à Jackson que tout ce qu'elle dit est vrai ? Lisa a peur. Très peur. Et si elle était dans l'impossibilité de retourner en 2019 ? Elle ne comprend rien à tout ce non-sens. Si elle doit rester ici, en 1954, elle pense qu'elle deviendra folle, vraiment. Au moins, elle a Jackson, pense-t-elle avec soulagement, aussi étrange que cela puisse lui paraître.

Ils s'arrêtent tous les deux devant un comptoir.

– Est-ce votre comptoir ? demande Jackson.

Lisa reprend la lampe, la pointe sur le comptoir et autour du comptoir. Elle n'est sûre de rien.

– Je ne suis pas certaine, répond-elle.

– Il n'y a qu'une façon de le savoir, répond Jackson. Allez derrière le comptoir et cherchez dans les tiroirs, peut-être que vous trouverez votre manteau et votre sac ? Allez-y, je vais tenir la lampe pour vous éclairer.

Lisa lâche la main de Jackson et lui redonne sa veste, puis elle se dirige derrière le comptoir. Elle se baisse, ouvre les tiroirs et les fouille de ses mains. Finalement, ses doigts touchent un tissu épais. Elle tire le tissu vers elle.

– Je crois que c'est mon manteau, Jackson !

Elle fouille encore dans le tiroir. Sa main touche l'anse de son sac. Elle tire dessus.

– Et c'est mon sac ! J'ai retrouvé mon sac, Jackson !

Elle se redresse et ouvre son sac pour en sortir son téléphone portable. Elle l'allume.

– Et maintenant je vais pouvoir tout vous prouver, Jackson ! Avec Internet ! Oh, vous ne savez pas encore ce qu'est Internet, vous allez voir, c'est merveilleux. Je vais pouvoir vous montrer des photos de ces hommes qui sont allés sur la lune, et même une vidéo !

Lisa tape frénétiquement sur l'écran de son téléphone pour ouvrir une fenêtre dans Google. Elle tape 'vidéo des premiers hommes qui ont marché sur la lune'. Elle pose son index sur la petite flèche pour lancer la recherche, et au même moment, la lumière se rallume au-dessus de son rayon.

Surprise, elle regarde autour d'elle. C'est bien son rayon. Mais tout est intact. Elle reconnaît les mannequins, la disposition des présentoirs, et les articles sur les présentoirs. Mais il n'y a plus de fumée dans l'air, il n'y a plus cette odeur de brûlé et… Il n'y a plus Jackson. Où est Jackson ?

– Jackson ? crie Lisa.

Elle fait le tour du comptoir et tourne sur elle-même.

– Jackson ! Où êtes-vous ?

Inquiète, Lisa se précipite dans les allées de l'étage en espérant y trouver Jackson.

– Jackson ? Jackson ?

– Eh, oh, ma petite demoiselle, qu'est-ce que vous faites encore ici ?

Un homme marche vers Lisa. Il est plus âgé que Jackson. Lisa reconnaît l'uniforme que portait l'autre gardien de sécurité. Il porte un badge avec son nom sur le pan gauche de sa veste. Ted.

Lisa est stupéfaite. Elle reste figée sur place pendant quelques secondes.

– Où… Où est Jackson ? demande-t-elle.

– Qui ? demande Ted.

– Jackson ! L'autre gardien de sécurité.

– Il n'y a pas d'autre gardien de sécurité ce soir, répond Ted. Et aucun de mes collègues ne s'appelle Jackson.

Le visage de Lisa s'assombrit.

– Ça va, mademoiselle ? demande le gardien, inquiet.

Lisa hoche la tête.

– Je ne comprends pas. Jackson était là, il y a quelques minutes, et le magasin avait brûlé et—

– Comment ça, le magasin a brûlé ? demande Ted, affolé. Il regarde autour de lui. Avez-vous vu un feu quelque part ?

– Oui… Non… Enfin…

Lisa réalise qu'elle a encore l'air d'une folle avec ses questions et ses réponses sans queue ni tête. Ted la regarde avec des yeux écarquillés.

– Si quelque chose brûle, il faut me le dire tout de suite, mademoiselle, dit Ted en fronçant les sourcils et en pointant un doigt autoritaire.

Lisa secoue la tête, tristement.

– Non, non, non. Ne vous inquiétez pas, il n'y a le feu nulle part. Je parlais d'autre chose.

– En tout cas, vous ne pouvez pas rester ici, lui dit Ted. C'est le réveillon de Noël, j'imagine que vous avez autre chose à faire ? Vous n'êtes pas attendue, quelque part ?

Soudainement, Lisa repense à ses parents.

– Oh, oui, mon dieu ! Mes parents, ma famille ! Ils doivent m'attendre ! Mais quelle heure est-il ?

Le gardien regarde sa montre.

– Il est presque dix heures.

– Oh ! Mon dieu, je suis tellement en retard. Il faut que j'attrape mon Sky Train.

Lisa saisit son manteau et son sac qu'elle a laissé sur le comptoir et court à toute vitesse pour descendre l'escalier de marbre et se diriger vers les portes d'entrées du magasin, au rez-de-chaussée.

– Eh ! Une minute, mademoiselle ! J'ai déjà fermé les portes ! Attendez-moi, je vais vous ouvrir.

Ted court derrière Lisa en secouant la tête.

Une fois dehors, Lisa court aussi vite qu'elle peut pour attraper le prochain train en direction de Yaletown. Elle arrive sur le quai juste à temps. Les portes se referment derrière elle. Elle marche dans l'allée centrale et trouve deux sièges inoccupés. Elle s'assoit sur le siège près de la fenêtre et souffle de soulagement. Tout lui est familier autour d'elle. Elle est bien de retour à la maison, en 2019. Elle prend son téléphone pour appeler ses parents, soulagés aussi d'entendre sa voix après la dizaine de messages qu'ils ont laissé sur sa messagerie. Une fois la conversation terminée, elle repense à cette soirée étrange et à Jackson. Sa présence lui manque.

Puis une idée lui vient en tête. Lisa reprend son téléphone et tape 'incendie Clarissa's Vancouver 1954' dans Google. À sa grande surprise, des résultats s'affichent. Lisa clique sur le lien qui mène sur le site des archives de la Ville de Vancouver. Elle y trouve une série d'articles, dont un du Globe and Mail, daté du 26 décembre 1954, avec le titre 'Vancouver défigurée après le terrible incendie du Clarissa's'. Lisa s'empresse de cliquer sur le lien pour lire l'article. Au fur et à mesure où elle le lit, elle réalise que les incidents décrits dans l'article correspondent à ceux qu'elle a vécus ce soir. Elle a bien été témoin de l'incendie du magasin…en 1954 !

Lisa est abasourdie. Elle fait défiler son doigt sur l'écran de son téléphone pour voir les photos liées à l'article. L'une d'elles montre les camions des pompiers, et les pompiers en action devant le magasin. Puis elle trouve une autre photo. Et quand elle voit cette photo, son sang se glace. C'est un portait de Jackson, souriant.

Lisa lit la mention en dessous de la photo 'Jackson Price, 29 ans, la seule victime de l'incendie chez Clarissa's, qui occupait le poste de gardien de nuit.'

Lisa ne peut pas retenir ses larmes. Des passagers se tournent vers elle en lui lançant de drôles de regards. Elle prend le mouchoir qui se trouve dans la poche de son pantalon. C'est le mouchoir en tissu de Jackson. Elle pleure de plus belle en étouffant ses sanglots dans le mouchoir, réalisant qu'elle vient de passer le réveillon de Noël le plus étrange et le plus terrifiant de sa vie, mais aussi le plus beau, le plus magique.

Lisa regarde le reflet de son visage en pleurs sur la vitre du Sky train. 'Le train qui va vers le ciel', pense-t-elle en souriant. Comme dirait Jackson.

FIN

C'est le silence total dans le café.

Yolanda pleure et essuie les larmes qui coulent sur ses joues avec une serviette de papier ; Gayle regarde Georges, avec émotion ; Patricia et Betsy se pincent les lèvres pour éviter de pleurer comme Yolanda ; Robert a les yeux plongés dans sa tasse de café, l'air grave ; et Kate et Colin ont des yeux admiratifs posés sur Georges.

Georges regarde son audience, un léger sourire sur les lèvres. Au moment même où il attend des réactions et des commentaires, plus rien. Tout le monde est muet. Finalement, Kate prend la parole.

– Cette histoire était merveilleuse, Georges, dit-elle. Tellement touchante. Quel beau conte de Noël.

Colin acquiesce de la tête.

– Pour être honnête, je me suis retenu de pleurer, dit-il.

Patricia et Betsy restent muettes, probablement par crainte de déverser leurs émotions si un mot venait à s'échapper de leur bouche. Et Robert ne redresse pas la tête, toujours fixé sur sa tasse.

Soudain, ils sursautent tous au son de plusieurs coups de klaxon brefs qui viennent de la rue. Gayle tourne sa tête vers les fenêtres du café et aperçoit la voiture de son mari.

– Désolée, je dois y aller, dit Gayle. Elle se tourne vers Georges. Bravo, c'était un beau début Georges. On se voit la semaine prochaine, j'espère, avec le reste du groupe, ici, à la même heure ?

Georges fait un petit mouvement de la tête en approbation.

– Yolanda, je vous raccompagne chez vous ? demande Gayle en se tournant vers elle.

– Ah, oui, merci ! Mes vieux os ne peuvent pas braver cette tempête de neige.

– Je peux raccompagner une autre personne, offre Gayle.

Patricia lève la main, et les trois femmes se dirigent vers la sortie.

Robert offre à Betsy de partager un taxi pour rentrer chez eux, puisqu'ils vont dans la même direction. Ils se lèvent et quittent le café en envoyant un dernier salut de la main à Georges, Kate et Colin.

– Où habitez-vous ? demande Kate à Georges.

– Oh, ne vous en faites pas pour moi. Je suis juste à quelques coins de rue. Je peux marcher.

Georges remet ses feuilles en ordre et les glisse dans son petit cartable, puis il enfile son manteau, enfonce son bonnet sur sa tête, et se dirige vers la porte du café. Il se retourne et salue Kate et Colin avant de sortir, en leur faisant un petit sourire.

Aussitôt que la porte est fermée, Kate se tourne vers Colin.

– Je t'ai vu pleurer. Tu as rapidement séché ta larme, mais je l'ai vue couler sur ta joue !

– Pareil pour toi, Boss, répond Colin. Faire semblant de se moucher pour essuyer des larmes, tout le monde fait ça.

Kate sourit.

– Je n'ai pas de train qui va vers le ciel pour te raccompagner chez toi, Colin, mais une voiture solide avec des pneus neige. Ça te va ?

Colin approuve d'un petit signe de tête.

La 'Boss' et son employé remettent vite les tables et les chaises en place, ramènent les tasses et les assiettes sales dans la cuisine, qu'ils déposent dans l'évier, enfilent leur manteau, et éteignent les lumières du Whispers Café.

RECETTES DE NOËL TRADITIONNELLES CANADIENNES

Queues de castor

Pas de panique ! La queue de castor dont il est question ici n'est pas celle de l'animal. Ce nom a été donné à un beignet plat à la pâte étirée, de forme ovale, généreusement recouvert de sucre et de cannelle, parce qu'il ressemble… Eh oui, vous l'avez deviné : à une queue de castor !

Il est difficile de retracer l'origine exacte de la création de ce beignet devenu très populaire vers la fin des années 70 grâce à la compagnie Canadienne BeaverTails (qui veut dire littéralement 'queues de castors'). Depuis, la queue de castor a évolué et peut être mangée 'à toutes les sauces,' en quelque sorte : avec de la sauce au chocolat, de la crème fouettée, des bananes, des fraises, etc. Vous comprenez le concept lorsqu'il s'agit de desserts : tout est possible.

Le castor étant l'animal emblème du Canada, il était normal que la queue de castor fasse aussi partie de sa culture. Alors régalez-vous avec ce délicieux beignet adoré des Canadiens !

Recette pour 8 queues de castor
Temps de préparation : environ 30 minutes

Ingrédients :

- ¼ tasse d'eau tiède
- 2 ½ cuil. à thé de levure sèche
- ½ tasse de lait tiède
- 2 cuil. à soupe de beurre mou
- 2 cuil. à soupe de sucre pour la pâte
- ½ cuil. à thé de sel
- ½ cuil. à thé de vanille liquide
- 1 œuf
- 2 ½ tasses de farine
- 1 litre d'huile végétale pour la friture
- 1 tasse de sucre pour le saupoudrage
- 1 cuil. à soupe de cannelle en poudre pour le saupoudrage

Préparation :

- Dans un bol large, mélangez l'eau tiède, le lait tiède, la levure et 1 cuil. à thé de sucre. Laissez reposer pendant environ 10 minutes, jusqu'à ce que le mélange soit mousseux.

- Ajoutez le beurre mou, le sucre, sel, la vanille liquide, et l'œuf. Mélangez bien le tout. Ajoutez la farine en utilisant un mixeur à pâte ou une cuillère en bois et mélangez jusqu'à ce que la préparation soit homogène et ne colle plus au bol. Pétrir ensuite la pâte au mixeur ou à la main pendant une dizaine de minutes environ ou jusqu'à ce que la pâte soit lisse. Ajoutez un peu de farine si la pâte est trop collante.

- Placez la boule de pâte dans un bol légèrement huilé et recouvrez d'un linge mouillé. Laissez la pâte se lever pendant 1 heure environ, jusqu'à ce qu'elle double en taille.

- Pétrir la pâte sur un plan de travail légèrement fariné. Divisez la pâte en 8 portions égales. Avec un rouleau à pâtisserie ou avec vos mains, roulez chaque portion pour leur donner une forme longue, ovale. Si vous le souhaitez, vous pouvez utiliser la pointe d'un couteau pour tracer des lignes qui se croisent sur le dessus de la pâte (comme sur les queues de castor).

- Placez les 8 portions sur un plateau de cuisson légèrement fariné, recouvrez-les d'un torchon, et laissez-les reposer pendant environ 30 minutes ou jusqu'à ce qu'elles doublent de taille.

- Dans un bol, mélangez la cannelle en poudre et le sucre en poudre et mettez de côté.

- Prenez une grande poêle à frire à bord large et faites chauffer l'huile à environ 175° Celsius. Prenez chaque portion de pâte et frire pendant environ 30 à 60 secondes de chaque côté jusqu'à ce que la pâte soit de couleur brun doré.

- Déposez la pâte frite dans une assiette et saupoudrez immédiatement avec le mélange de cannelle et de sucre, et dégustez ! Bien sûr, vous pouvez mettre sur votre queue de castor ce que vous voulez : confiture, chocolat fondu, crème Chantilly, sirop d'érable, etc.

Carrés au beurre et noix de pécan

Si vous avez déjà mangé des noix de pécan, vous savez qu'elles se brisent facilement sous la dent et fondent sur la langue, comme du beurre. Marier ces deux ingrédients pour confectionner une pâtisserie est donc logique, et tout simplement délicieux.

Les carrés sont une variante de la tarte au beurre et noix de pécan, donc vous pouvez donner à cette pâtisserie la forme que vous voulez : grande tarte, petites tartelettes, ou petits carrés. Et si vous voulez rendre ces carrés spéciaux, vous pouvez aussi y ajouter du rhum. Cet ingrédient n'est pas inclus dans la recette ci-dessous, c'est une option. J'ai eu la chance de manger la meilleure tarte au beurre et noix de pécan chez une amie lorsque je vivais en Ontario. Elle y avait ajouté une (généreuse) dose de rhum ! Après cette expérience divine, je me suis dit qu'il serait difficile de trouver mieux !

Recette pour 12 personnes
Temps de préparation : environ 75 minutes

Ingrédients :

Pour la pâte sablée :

- ½ tasse de beurre mou non salé
- ½ tasse de sucre à glacer
- 1 2/3 tasse de farine
- ½ cuil. à thé de sel

Pour le remplissage :

- 1 tasse de sirop de maïs ou de sirop d'érable
- 1 tasse de sucre brun
- 2 œufs battus
- ¼ de tasse de beurre fondu
- 2 cuil. à thé de vanille
- 1 cuil. à soupe de vinaigre blanc
- ½ cuil. à thé de sel
- 1 ½ tasse de noix de pécan

Préparation :

Pour la pâte sablée :

- Préchauffez le four à 175° Celsius.
- Disposez une feuille cirée dans un plat à cuire d'environ 20 cm par 20 cm (le plat peut être rectangulaire, bien sûr, c'est juste pour vous donner une idée).
- Avec un mixeur ou une cuillère en bois, mélangez le beurre mou et le sucre à glace pendant 1 minute environ, jusqu'à ce que le mélange soit léger.
- Ajouter la farine et le sel, et mélangez lentement jusqu'à ce que la pâte soit friable.
- Étalez la pâte de manière uniforme dans le fond du plat à cuire. Faire cuire jusqu'à ce que les bords soient dorés, pendant environ 20 minutes.

Pour le remplissage :

- Pendant que la pâte sablée cuit, mélangez tous les ingrédients pour le remplissage (sauf les noix de pécan) jusqu'à ce que la texture soit lisse et uniforme.
- Ajoutez les noix de pécan, et répartir la préparation uniformément sur la pâte sablée. Cuire pendant environ 35 minutes.
- Retirez du four et attendez que le tout refroidisse pour découper des carrés, et dégustez !

Biscuits de pain d'épice

Il est impossible de célébrer Noël sans les traditionnels biscuits de pain d'épice ! En plus, ils sont amusants à préparer, donc toute la famille peut s'y mettre. Vous pouvez leur donner la forme que vous voulez avec des emporte-pièces à biscuits, ou en utilisant simplement des ustensiles de cuisine.

Recette pour 24 biscuits
Temps de préparation : environ 75 minutes

Ingrédients :

Pour la pâte de pain d'épice :

- ½ tasse de beurre mou
- ½ tasse de sucre
- 1 oeuf
- ½ tasse de mélasse
- 1 cuil. à thé d'extrait de vanille
- ¼ de tasse de gingembre râpé
- 3 tasses de farine
- 1 cuil. à thé de cannelle en poudre
- ¾ cuil. à thé de bicarbonate de soude

- 1 cuil. à thé de clous de girofle

Pour le glaçage :

- 3 cuil. à soupe de poudre de meringue
- ½ tasse d'eau tiède
- 4 ½ de sucre glace tamisé
- 1 cuil. à thé d'extrait de vanille
- ½ cuil. à thé de crème de tartre
- Colorants alimentaires de votre choix

Préparation de la pâte de pain d'épice :

- Mélangez le beurre mou et le sucre jusqu'à ce que la consistance soit légère.
- Dans un bol à part, mélangez le reste des ingrédients et ajoutez la mélasse jusqu'à ce que la consistance soit homogène.
- Séparez la pâte en deux boules et laissez reposer pendant deux heures minimum.
- Préchauffez le four à 190° Celsius.
- Sur une surface légèrement farinée, aplatissez une boule de pâte pour obtenir une épaisseur de 3 millimètres environ.
- Utilisez vos emporte-pièces ou des ustensiles de cuisine pour découper les biscuits dans la pâte.
- Déposez les biscuits sur une plaque à cuisson recouverte de papier sulfurisé.
- Cuire pendant 6 à 8 minutes jusqu'à ce que les extrémités des biscuits soient fermes au toucher.
- Laissez refroidir avant de décorer.

Appliquer le glaçage sur les biscuits :

- Mélangez tous les ingrédients et battre le tout avec un batteur électrique à vitesse maximale jusqu'à ce que la préparation soit très ferme.

- Séparez le glaçage en plusieurs portions, ajoutez les colorants alimentaires à chaque portion.
- Appliquez les glaçages colorés sur les biscuits et laissez-les durcir. Et voilà ! Vous avez de beaux biscuits de pain d'épice !

Chocolat chaud avec crème fouettée à la guimauve

Un bon bol de chocolat chaud réchauffe tous les cœurs en hiver, mais un chocolat chaud avec des guimauves et de la crème fouettée, ça, c'est un chocolat chaud royal !

Recette pour 4 bols ou tasses
Temps de préparation : environ 15 minutes

Ingrédients :

Pour la crème fouettée à la guimauve :

- 1 tasse de crème à 20 % M.G. minimum
- 85 g de fromage à la crème à température ambiante
- ½ tasse de crème de guimauve
- 1 cuil. à thé d'extrait de vanille

Pour le chocolat chaud :

- 2 tasses de lait (entier ou autre)
- 1 tasse de copeaux de chocolat semi-sucré
- 2 cuil. à soupe de cacao
- 1 cuil. à thé d'extrait de vanille

Préparation de la crème fouettée à la guimauve :

- Fouettez la crème et le fromage à la crème jusqu'à ce que la consistance soit semi-ferme et que de petits pics se forment à la surface.
- Ajoutez la crème de guimauve et l'extrait de vanille.

Préparation du chocolat chaud :

- Chauffez le lait dans une petite casserole, ajoutez les copeaux de chocolat et la poudre de cacao, mélangez jusqu'à ce que la préparation soit onctueuse.
- Ajoutez l'extrait de vanille et fouettez le tout jusqu'à ce que la surface soit mousseuse.
- Versez le chocolat chaud dans quatre bols ou tasses, ajoutez la crème fouettée à la guimauve sur le dessus, et dégustez !
- Astuce : si vous ne trouvez pas de crème de guimauve, faites une crème fouettée normale, et ajoutez à la surface des petites guimauves blanches ou de différentes couleurs.

À PROPOS DE L'AUTEURE

Alice Reed est Canadienne et vit à Victoria, sur la côte ouest du Canada. Délicieusement drôle et un peu excentrique (il faut bien l'avouer) elle passe son temps à penser à des histoires, à écrire des histoires, et à lire des histoires… Bref, elle aime les histoires ! Lorsqu'elle n'est pas devant son ordinateur à créer un univers et des personnages, Alice fait de la natation et de l'équitation. Mais pas en même temps.

Comment rester en contact avec Alice Reed ? Facile !

S'abonner aux newsletters :
www.manderleybooks.ca/subscribe

Envoyer un message : info@manderleybooks.ca

Instagram : www.instagram.com/alicereedauteure/

Facebook : www.facebook.com/alicereedauteure/

Twitter : www.twitter.com/AliceRe73835897

Printed in Great Britain
by Amazon

50772413R00118